汤岛之恋

〔日〕泉镜花

著

周倩

译

中国出版集团 现代出版社

目录

高野圣僧

一

"虽然心里觉得，总不至于再打开参谋本部编纂的地图①确认了吧，但道路太艰难了，只好抬起摸着都觉得热的行脚穿的法衣②的袖子，拿出那带着封皮的折叠本。"

"从飞驒穿越到信州的深山岔道上，连一棵可以停下来休息一下的树都没有，左右全是山，山峰好像伸手就能触及。峰峦叠嶂，峻岭重叠，既不见飞鸟，也没有一丝云彩。"

"天地之间唯有我一人，约莫正值当午，极热的太阳泛着白光，我深深地戴着一顶单层扁柏笠遮着阳光，查看地图。"

行脚僧说罢，把双拳放在枕头上支着额，低下了头。

我的这位上人③旅伴，从名古屋到这家下榻的越前敦贺的旅

---

①参谋本部，指旧日本陆军中负责国防及用兵的最高统帅官署。其下属的陆地测量部绘制了日本地图。
②对僧侣的尊称，天台宗及其分支时宗、净土宗、日莲宗等使用该称呼。
③对僧侣的尊称。

馆，直到刚刚睡下，我都不曾见过他仰起头。也就是说，他是那种傲然无物的人。

我记得我跟他大概是从东海道挂川的旅店开始乘坐同一列火车的。那时他坐在座位的角落，耷拉着脑袋，像死灰一般蜷缩在那儿，所以对他不曾有特别留意。

在尾张的停车场，其他的乘客像约好了似的，一个不留地全都下了车，车厢内就只剩下我跟他两个人了。

这列火车于昨天夜里九点半从新桥出发，据说大概今天傍晚进入敦贺。到达名古屋时刚好是中午，我就买了一盒寿司。行脚僧也同我一样要了相同的寿司，然而打开盖子才发现是零零散散地盖着几片海苔的下等寿司饭。

我冒失地大喊道：

"哎呀，净是胡萝卜和葫芦干啊！"

看到我这样子，行脚僧忍不住咯咯地笑了出来。本来就只剩下我们两个人，从那之后就变得亲近起来。一问才知道他之后要去越前，虽然流派不同，此次是要拜访那里的永平寺，只是要在敦贺住一宿。

回若狭①探亲的我也要在同样的地方住宿一晚，所以就约好一同前往。

---

① 日本旧国名之一，位于现福井县西部。

据说他的僧籍在高野山，年纪大约四十五六，相貌柔和但并不出众，和蔼可亲，举止稳重。他穿着方袖呢绒的外套，系着白色法兰绒的围巾，戴着土耳其毡帽①，手上戴着毛线手套，脚上穿着白色日式足袋和晴天穿的矮齿木屐。乍一看，与其说是僧人，倒不如说更像是社会上的宗匠，或者说比宗匠们还更凡俗一些。

"你住在哪家旅店？"

听到僧人这么问，我便深切地感叹起一个人旅行住宿的无聊。首先，女佣抱着盆子打盹；掌柜的只顾着说些客套话，到廊下一走动，他却滴溜溜地盯着看。最难忍的就是，吃完晚饭收拾好，立刻把所有灯盏换成灯笼，命令客人在昏暗处歇息。因为我不到深夜便无法入睡，那中间的心情就甭提了。特别是最近夜长了，一出东京就对这一晚的住宿担心得不行，要是没什么不方便的话，高僧您就同我一起住吧。

他爽快地点头应允："在北陆地区行脚的时候，有家叫香取屋的地方，不管何时都能歇脚。那里本来是一家旅店，自从名气很高的独生女去世之后就拆了招牌。不过对前来投宿的老主顾一概不拒绝，由老夫妻谦谨恭敬地照料。要是可以的话，就去那儿吧。不过……"他说到这儿，放下寿司盒，咯咯笑道，

---

① 一种无帽檐的直身圆筒帽，也常音译为"菲斯帽"，因起源地为摩洛哥的菲斯而得名。

"能款待你的就只有胡萝卜和葫芦干喽。"

他外表看上去谨慎深沉，没想到还是很风趣活泛的。

二

在岐阜的时候，还能看到晴空，之后就是负有盛名的北国天空了。米原、长滨天气微阴，日头微弱，寒气逼人。到了柳之濑下起雨来，随着车窗外越来越暗，夹杂着白茫茫的东西散落下来。

"下雪了哦。"

"看起来是。"他只是这么答了一句，并不特别在意，也准备抬头看看天。不仅仅是这个时候，就连我指着古战场，说着"贱岳"① 的时候，谈论琵琶湖风景的时候，僧人都只是点点头而已。

在敦贺，令人烦躁到毛骨悚然程度的是旅店拉客的恶习。那一天也不出所料，一下了火车，从停车场的出口到城镇边，招揽生意的手提灯笼、印着字号的纸伞排得密密麻麻，把旅客围得水泄不通。每个人都聒噪地叫喊着自家的字号，其中行为激烈的，早就一把抢过旅客的行李，不由分说地来一句"得嘞，

---

① 指贱岳之战，是 1583 年 4 月羽柴秀吉（丰臣秀吉）与柴田胜家在近江国伊香郡（今滋贺县长滨市）的战争。最终秀吉取得胜利，奠定了他统一日本的基础。

谢谢您的光顾啦"。患有头疼病的简直要气血上涌，忍无可忍，可是僧人照例低着头，踱着小步，绕过人群。因为没人招揽他，我就幸运地跟在他后面到了街上，这才松了一口气。

雪一刻都没停，此刻雨已经没了，只剩干燥轻盈的雪花簌簌地打在脸上。夜深人静，门户紧锁的敦贺的马路，静悄悄地，一条两条横竖交织、宽阔的街角，已经积了白茫茫一片。我们走了大约有八町①左右来到了一家房檐下，这就是刚提到的香取屋了。

这栋老房子，客厅和壁龛都没什么像样的装饰。不过柱子却很气派，榻榻米也是新的。暖炉很大，鲤鱼形状的挂钩②，鱼鳞像是黄金铸成一般，闪闪发光。并排砌着两个漂亮的灶台，吊着一口大锅，看上去足足可以煮一斗饭。

主人是个头顶凹陷的光头③，双手缩在棉布和服的窄袖里，茫然地坐在火炉前，也不伸出手来烤火。老板娘则是一个亲切热情的老太太。僧人一跟她提起刚才的胡萝卜和葫芦干的故事，她便笑嘻嘻地把饭菜端了上来。有小鳀鱼干、鲽鱼干还有海带丝大酱汤。言谈举止都看起来像是跟僧人交情颇深，跟他结伴旅行，甭提我有多舒心了。

---

①日本长度单位，也写作"丁"。一町约109.09米。
②原文是"自在钩"，指日本和式房屋上从屋顶旋下的挂钩，用来吊锅炉等。
③原文借用净土宗开山祖师法然头顶凹陷的典故，形容他为"法然头"。

很快就在二楼给我们铺好了床铺。屋顶很低，但原木做成的房梁，足有两人合抱那么粗。从屋脊那边斜斜地搭过来，房檐处低得几乎抬不起头来。不过房屋构造相当结实，即便是后面的山发生雪崩也丝毫不用担心。

特别是被炉已经架好，我就欣然地钻进被窝。另一个被窝也一样套在被炉上，然而僧人却不来这边，而是在旁边摆上枕头，睡到了没有暖炉的被褥里。

睡觉时，僧人既不解带，自然也不宽衣，而是和衣缩成一团，脸朝下，先把腰伸进被窝，再把被角搭到肩上，手扶在上面，伏下身去。那样子跟我们刚好相反，他是把脸贴在枕头上。

看样子他很快就能悄然入睡，我就直率地撒娇央求他：

"刚才在火车上也说了好几次了，我呀不到深夜就睡不着。你就可怜可怜我，再陪我一会儿吧。给我讲讲你游历诸地时遇到的趣事吧。"

于是，僧人点了点头：

"我进入中年之后就养成了一个不仰着头睡的毛病，睡觉时就是这个姿势。不过这会儿我也精神着呢，跟你一样入睡慢。虽然我是个出家人，不过也不是只会说教义呀、戒律和经法的。听好吧，年轻人。"

随后就开始讲起来。之后听说，原来他名叫宗朝，是六明寺的大和尚，也是宗门有名的讲经上师。

三

　　"听说之后还有一位来这边住宿的旅客，是你的同乡，若狭卖漆器的挑货郎。这个男子虽然年轻，却是个实在的好人，令人钦佩。"

　　"我起初提到的翻越飞驒山的时候，在山脚的茶馆遇到的富山卖药的，那个年轻人却是个拧拧巴巴、令人讨厌的家伙。"

　　"要翻山越岭那天，我凌晨三点多钟就从住的旅馆出发了。趁着天气凉爽，一口气走了六里①地，来到那家茶馆。是个晴朗的早晨，毒辣辣的太阳热得厉害。"

　　"因为太贪心赶路，一路着急忙慌地赶过来，口渴难耐。只想赶紧喝到茶水，结果听说水还没烧开。"

　　"虽说已经到了这个点儿，但这几乎没有人经过的山路，也不可能在牵牛花②还开着的时候，有人家生火烧饭。"

　　"桌机前有条小溪，水看起来很清凉。正准备用水桶打一些水的时候，突然注意到一点。"

　　"时节正值暑热，正流行着可怕的恶性病。刚路过的一个叫

①日本长度单位，1 里 =36 町，约为 3.927 千米。
②一般在清晨五点左右开放，正午之前闭合。

009

辻的村子，就到处撒满了石灰。"

"'喂，大姐。'我有点不好意思，扭扭捏捏地向茶馆的老板娘询问道，'这水是井水吗？'"

"她答道：'不，是河水。'"

"我觉得甚是诡异。又问道：'山脚下正流行着传染病，这水不会是从辻村那边流过来的吧？'"

"老板娘漫不经心地答道：'不是的。'于是，我刚要高兴一下……你且听我慢慢道来。"

"刚提到的那个卖药的，从方才就一直在这儿休息来着。你也知道，像他们这种推销万金丹的，都穿着细条纹的单层和服再系上一条小仓腰带①，时下还掖着一块表。穿着日式细筒裤，扎着绑腿。自然脚上穿着草鞋，脖子上系着不平整的浅绿色棉布包袱，要么是把桐油纸的防雨斗篷叠得小小的，用真田绳②系在包袱上；要么就是拿着一把方格花纹的棉布洋伞。这都是标准的打扮。乍一看，哪个都一本正经、细致精明的样子。"

"然而他们都是，一到了旅馆，换上宽大的浴袍，腰带系得松垮垮的，一边呷着烧酒，一边把小腿搭到旅馆侍女丰腴膝盖上的家伙。"

---

①指用小仓（现福冈县北九州市）布制成的腰带，带有独特的竖条纹花样，结实耐用，但手感粗糙。
②扁平编就的粗棉布绳，据说是战国时期的名将真田幸村为收集情报而发明的。

"那家伙，一开始就出言不逊，说什么'喂，法界坊①。虽然我这话听起来怪异，不过啊，你注定是在这世上找不到女人的。都彻底成了秃瓢，还依然贪生怕死不成？真是不可思议，不服不行啊。大姐，你看呀，那副样子还贪恋人世，是不是很有意思'。说完，两人相视哈哈大笑。"

"那时我还年轻，脸涨得通红，犹豫不决，不敢喝捧到手里的河水。"

"卖药的砰地扣了一下烟袋锅子。'怎么？别客气，敞开了喝吧。要是有什么生命危险，我就给你药。我就是为了这个，才跟着你的，对吧大姐？喂，话虽如此，可不是白送哟。恕我直言，神药万金丹，一帖三百钱。想要就来买。我可不造孽向和尚施舍。怎么样，你答不答应？'说罢，拍了拍茶馆老板娘的背。"

"我赶忙逃离了。"

"我这一把年纪，还是个出家人，却在这儿跟你说什么女人的膝盖啊、背部什么的，实在不好意思。不过故事就是这个样子，还望多多包涵。"

---

①指歌舞伎狂言《隅田川续俤》中出现的常犯色戒的化缘僧。

四

"我也是气昏了头，只顾着拼命赶路。随后，从山脚下渐渐走到田间小路。大约走了半町的距离，路突然变陡了。上坡道只有一条，从旁边看得清清楚楚，俨然像是用土搭了一座拱形勒使桥①。一边看着上面，一边踏上这条路时，刚才那个卖药的目不斜视地，匆忙追了过来。"

"他没跟我搭话，况且，即便他说什么，我也不想搭理他。卖药的依然是一副盛气凌人的态度，斜眼瞥着我，像是故意似的经过我旁边，快步向前走去。突然，在那条小山坡似的路的尽头，支着伞停住了。随即走下坡去，无影无踪了。"

"之后，我开始缓缓上坡。不久，路就变得像凸起的鼓面一样，随后就开始下坡。"

"卖药的虽然先行下坡去了，不过他刚才停下来，频频环视四周的样子，我还以为他是执意要什么诡计，所以心生不快地跟在他后面。不过仔细一看，他刚才止步不前似是有原因的。"

"路在这里分成了两条。一条从这边起骤地变成一个陡坡，

---

①勒使，专门传达天皇旨意的钦差。专门为其搭建的桥称为"勒使桥"，多呈拱形。

两旁杂草丛生。路旁一角长着一棵四五人合抱的日本扁柏，树后巨石嵯峨，重岩叠嶂。我之前计划要走的并不是这条，而刚刚走过来的那条宽阔平坦的路才是正道。再走不到二里就是山，随后应该就是山顶了。"

"然而仔细一看，不知何故，那棵扁柏横贯过空无一物的道路，像彩虹一般伸展到一望无际的庄稼地上空，壮观极了。根部的土壤松动了，露出了几根如同盘踞的大鳗鱼一样的树根。从那根部哗哗地流出一股水来，漫到地上，流到那条我想走的路中央，整个儿给淹了。"

"田地虽然没成湖，但也形成了一片浅滩。前面生着一丛树林，以树林为界，大约两町的一段都成了河。水里零零散散地分布着小石块，看上去似乎迈着大步，踩着石块也能到对岸去。那石头一定是谁摆上去的。"

"虽然还没严重到要脱衣服过河，但这样的正道也确实难走，连马都很难通过。"

"我琢磨着，卖药的估计也是由于这个缘故而犹豫不决的。没想到他果断地改变了方向，快步爬上右边的坡道。转眼工夫就钻到扁柏的后面，来到我的上方冲着下面说道：'喂，去松本的路是这边哦。'说完，又漫不经心地走了五六步，在岩石上探出半个身子，用嘲讽似的语气丢来一句：'在那儿发呆，会被树精掠走的哦。就算是白天也不会手下留情。'话音刚落，便走到了岩石背面，隐入了高处的草丛中。"

"不一会儿，在头顶位置上就露出了洋伞的伞尖，它摩挲着树枝，消失在了繁茂的树丛里。"

"这时，一位系着灯芯草编成的坐垫、单手挑着空扁担的庄稼汉，悠闲地喊着嗨哟嗨哟的号子，踩着水里的石头，走了过来。"

五

"不用说，从刚才的茶馆出来，一路上除了卖药的一个人都没遇到。"

"方才分别时卖药的说的那番话，虽然我觉得是无稽之谈，但他毕竟是常在外面跑的，所以难免疑惑起来。刚才也提到了，今早出发时仔细看过的那幅地图——正要再打开看一下。"

"'想跟您打听一件事，'"

"'什么事？您请讲。'山里人见到出家人，都格外地客气。"

"'唉，也不是什么大事。就是路是要沿着这条一直走吗？'"

"'是要到松本去吗？哎，这条就是正道。不过，这阵子梅雨，发大水，出现了这条大得出奇的河。'"

"'已经到处都是水了吗？'"

"'不是的，只是您看到的这一带，水就到对面的树丛那儿。树丛后还是跟这边一样，一条大道，一直到山脚下，可以并排走两辆货车。树丛处原来是医生家大宅子的旧址。这个地方现在虽然是这般模样，以前也是个村子。十三年前发大水的时候，才变成一片荒原的。当时可死了好多人。上人您边走，边给他们念念经吧！'"

"庄稼汉把没问到的也亲切地告诉了我。现在了解了原委，也有了把握，只是刚才有个人走错了路。"

"我向庄稼汉打听卖药的走的那条左边的坡道：'这条路是去哪儿的呢？'"

"'哦，这条是五十年前还有人走的旧道，也能通往信州。比起正道，总共能近个七里地左右，不过现在可不能走啦。上人啊，去年也有一对去巡礼参拜的父子，错进了这条道。那叫一个惨。之后听说有人在这儿看到叫花子模样的人，想着人命关天，还是追上去救出来吧。于是，三个巡警大人，再加上十二个村民，组了一队，强行从这里登上去，才总算是给带了回来。上人啊，万不可一时脑热从这里抄近道哦。就算是累到露宿野外，也比从这条道走强啊。唉，您一路小心！'"

"从这里告别了庄稼汉，原想踩着石头过河的。因担心卖药的安危，又犹豫不决起来。"

"想必也没有听到那么夸张，但若是真的，岂不就是见死不救了？反正，我这出家人的体格，也不必赶在日落前到达旅馆，还是把他追回来吧。弄不好，兴许还要把这条旧道都走一遍。不过这个时节，既没有饿狼出没，也没有魑魅魍魉作祟害人，管他呢！想到这儿，抬眼一看，刚才那位热心的庄稼汉已经消失得无影无踪了。"

"'走吧！'我下定决心走上了坡道。倒不是我有侠义心肠，也自然不是头脑发热。听我刚才那番话好像是已经悟道了似的，其实我相当胆小怕事，贪生怕死，连喝河水的勇气都没有。那么，你会问我为什么还要走那条道吧？"

"说实话，要是只是萍水相逢的男子，我肯定会置之不理的。正因为是讨厌的人，要是就那么弃之不顾，好像是我故意见死不救似的，会让我感到十分内疚。"

宗朝依然伏身趴在被窝里，合掌说道：

"要是那样，也觉得对不起我念的经。"

六

"那么，您且听我往下说。我之后绕过扁柏树，从岩石下爬上去，钻进树林，沿着草丛茂盛的小路一直走，一直走。"

"不知不觉，已经爬过了刚才那座山，不远处又是一座山。

这一带是一小片辽阔的原野，有一条比刚才走的正道还宽阔平缓的大道。"

"感觉像是东西并排两条路，中间隔着一座山。这条路平坦宽阔，即便是拿着剑戟的队伍也能通过吧。"

"在这片空地上，目之所及也没看到一丁点儿卖药人的影子。灼热的天空，时不时有小虫子飞过。"

"走在这里，我心里没底。路越是宽阔就越是觉得没有把握。当然，当初立下军令状要翻越飞驒山的时候，就已经想到，走上七里有一家或者走上十里也顶多能有个五家也是正常，在那能吃上一碗小米饭就已经是相当的运气了。做好了觉悟，也就脚下生风，不屈不挠地前进了。渐渐地，山从两边逼仄过来，到了一个几乎要触着肩的狭窄地方，我旋即爬了上去。"

"心想着，接下来就是有名的天生岭了，这边也跃跃欲试。奈何天气炎热，我一边气喘吁吁，一边重新紧了紧草鞋鞋带。"

"很多年后，我听说正是这个山口附近有个风口，风能一直吹到美浓莲大寺正殿的地板下面。只是，当时可顾不上那些。只是拼命赶路，什么风景、奇迹也没心思欣赏，就连天气也难辨阴晴。我眼都不眨，只是拼命地拧着身子向上爬。"

"要给你说的故事还在后面呢。起初也说了，路非常难走，简直不像有人会走的样子。比那更恐怖的是蛇，头和尾伸到两边的草丛里，在路上晃晃悠悠地搭了一座桥。"

"我戴着斗笠，拄着竹杖，最初看到那条大蛇时，吓得倒吸了一口气，膝盖一软，瘫倒在地上。"

"我生平最讨厌蛇了。不，与其说是讨厌，不如说是害怕。"

"那时好在它积善行德，拖着尾巴，扬起它的镰刀头，唰唰地爬到草丛里去了。"

"我总算是爬起来，又走了五六町，又遇到一条跟刚才一样头尾伸到草丛里只晒着肚子的大蛇。它蠕动着。"

"我啊地大叫一声，跳了回来，它也钻进草丛藏起来了。而遇到的第三条蛇却没有马上动弹，而且蛇身很粗，即便是它慢腾腾地开始爬动，到露出尾巴，也得足足花上五分钟。不得已，我只好从上面跨过去，一瞬间小腹发胀，毛骨悚然，只觉得大概浑身的毛孔都变成了蛇鳞，脸色也变得跟它一样了。我不由得捂上双眼。"

"我吓得冷汗直流，但即便是双腿瘫软，也不能杵在那里，只能战战兢兢地继续赶路，没想到又来一条！"

"而且这条蛇断成了两截，只有身子和尾巴。切面发青，淌着黄色的液体，不住地抽动。"

"我疯了一般，吧嗒吧嗒地往回跑。但突然想到，刚才那条蛇应该还在。就算是杀了我，也没勇气从那上面再跨越一次了。且不论刚才那个庄稼汉是不是搞错了，但凡他告诉我这条旧道上有蛇的话，即便是下地狱我也不会来的。我被烈日炙烤着，哗啦啦地流着眼泪。南无阿弥陀佛，现在回想起来，依然胆战心惊。"

僧人说罢，把手贴到额头上。

七

"在这里后悔万分也于事无补，我就壮了壮胆子，反正也不可能回去了。原来的地方还有不到一丈的尸体。我远远地躲开，跑到草丛里，总觉得马上就要被剩下的另一半断蛇给缠住。胆战心惊，脚上的青筋暴起，一下子绊到石头上摔倒了。想必就是那时把膝盖给弄伤了。"

"之后就颤颤巍巍的，举步维艰。然而，要是在这里倒下，就只能等着被热气闷死。我鼓励着自己，像是拽着脖颈向前似的，径直朝山岭方向走去。"

"路边草丛的热气特别可怕。草丛茂盛，脚边到处都是像是大鸟下的蛋。"

"之后，又沿着如大蛇蜿蜒一般的坡道走了二里左右，遇到洼地就从岩石一角拐过去，绕着树根走到了这儿。这一段的路太难走，于是就打开了参谋本部的地图。"

"路是一样的，从庄稼汉那里听到的和地图上看到的，没有分别。这里就是旧道无疑，所以打开地图也不能获得安慰。地图自然是精确的，然而上面画的道路也不过是在栗的刺球上画上红线而已。"

"地图上不可能标注道路难走，还有蛇呀，毛毛虫，鸟蛋，以及草丛的热气。于是，干脆把地图叠起来，放到怀里。嗯了一声按了下胸脯，念了句经，又重新振作起来。还没等我缓口气儿，残忍的大蛇又拦在了路上。"

"这一次我肯定是敌不过了。我想，这一定是山里的精灵，于是丢下竹杖，跪下来，双手抚在热辣辣的地上，诚心诚意地央求道：'万分抱歉，就请放我过去吧！我一定轻轻地通过，尽量不打扰您午睡。如您所见，我连手杖都丢掉了。'说完，抬头一看，只听轰的一声巨响……"

"我想那定是一条大蛇。三尺、四尺、五尺见方甚至一丈有余，渐渐地，草丛晃动的范围变得越来越大，直直地呈'一'字形向旁边的小溪倒去。最后，山峰都一起晃动。我吓得汗毛耸立，呆若木鸡，浑身发冷，才注意到原来是山上的暴风。"

"这时，从山中传来一阵回响，那声音就像是山里刮起旋风，把山吹出来一个洞似的。"

"不知是不是山精显灵，感受到了我的祈祷。大蛇不见了，暑热也消退了。我受到了鼓舞，脚步也快了起来，很快我就弄明白风突然变凉的缘故。"

"因为，眼前出现了一大片森林。"

"世人常说，天生岭，晴天也能下雨。听人说，这里还有从神代时就未被樵夫砍伐过的林子。只是这一路走来，树也太少了。"

"这下虽然没有蛇了，只是草鞋冰冷，感觉像是会有螃蟹似的。稍许，天就暗了下来。有些地方，阳光从远处幽幽地照进来，勉强可以分清哪个是杉，哪个是松，哪个是朴树。四周的土地，颜色都黑魆魆的。其中，大概是光线穿透森林的关系，有些地方出现了或绿或红的光带，很是好看。"

"高高的树叶上，时不时有水珠像断线的珠子般滴下来，落到脚尖上。要么就是常青树的叶子落下来。有时，不知是什么树哗啦哗啦作响，水珠就唰啦啦地打在扁柏斗笠上。或是，经过之后才滴落下来。这些水珠，在枝叶之间流淌，兴许要经过几十年才能滴落到地上哩。"

八

"当时内心的忐忑就不用说了。虽说看上去像个胆小怕事的，然而对于修行不够的我来说，这种黑暗的地方，反倒更便于顿悟。不管怎样，身体凉快起来，也忘记了脚的疼痛，飞快赶路。估摸着已经穿越了七成的林子，正思忖着，这时，从头顶五六尺的树枝上一个东西，吧嗒一声落到了我的斗笠上。"

"感觉上像个铅锤，还以为是什么树的果实，只是甩了两三下还是粘在上面，弄不下来。我漫不经心地顺手一抓，又凉又滑。"

"定睛一看，是个如裂开的海参一般，没有嘴也没有眼的家伙。但无疑是个活物。我吓得想要甩掉它，没想到它却吱溜一下滑了下去，吸住了我的手指尖。从那伸出的指尖上，滴滴答答地淌出了红灿灿的血。我惊呆了，把手指拿到眼前仔细一看，没想到，刚刚弯曲的手肘处也滑溜溜地垂着一条一模一样的山海参，有半寸宽，三寸长。"

"我吓呆了，定定地盯着它看。只见它抽动着下身，因为尽情地吮吸着鲜血，渐渐变粗起来。黑浊滑溜的外皮上带着茶褐色的条纹，是一个活像刺黄瓜一样的吸血动物。这玩意儿是水蛭呀！"

"任谁都不会看错的。只是它大得出奇，所以才一时疏忽没有注意到。无论是什么样的水田，多长年份的沼泽，都不会有这么大的水蛭。"

"我使劲地甩动胳膊肘，而它却死死吸住不放。我惊恐万分地抓在手里一拽，噗的一声总算扯了下来。我一分钟都不能忍，猛地将它往地上摔去。这里可是数万条水蛭的老窝，仿佛是事先防备好了似的，不见天日的森林，土壤松软得根本无法将它摔死。"

"不一会儿，脖颈子也痒了起来。用手掌一捋，就摸到了水蛭那滑溜溜的背部。哎呀，腰带里面也掉进一只，藏在胸脯下面。我吓得面色惨白，偷偷一瞧，肩膀上又有一条。"

"我不由得跳了起来，浑身打着哆嗦，一溜烟儿从那个大树下跑出去，一边跑一边拼命地扯下刚才看到的那些。"

"真是太可怕了！心想，刚才的树上应该是生着水蛭，真瘆人。回头一看，后面一棵不知叫什么名字的树，上面也落着无数的水蛭皮。"

"这可真是恐怖，无论是右边，还是左边。前面的树枝，原以为没事的，也都满满的全是水蛭。"

"我禁不住惊恐地大叫起来。结果，天哪！此时，眼见着黑瘦条纹的雨，从上面吧嗒吧嗒地往身上落下来。"

"穿着草鞋的脚面上，也层层叠叠地落上了水蛭。并排的水蛭旁边，又吸附着别的水蛭，连脚趾尖都看不到了。我看着水蛭拼命地吸着血，每吸一口还伸缩一下。我几乎要吓晕过去，那时脑海里浮现了奇怪的想法——"

"这恐怖的水蛭是从上古的神代时期，就聚集在此，只等有人来。长年累月间，一旦吸满了若干斛①血，那么虫子也就了却

①日本容量单位，1斛约等于180.39升。

了心愿。到那时，所有的水蛭，一点不剩地都把吸到的人血给吐出来，此后土壤融化，整座山都化成血与泥的大沼泽。与此同时，这里遮天蔽日的大树也定将碎成碎片，化成一条条的水蛭。一定是那样！"

九

"我呆呆地想：大概人类灭亡，既不是因为地球的薄皮破裂，从天而降大火，也不是大海被填平。最初是飞骅国的森林变成水蛭，最终黑色带条纹的虫子，在血与泥里游动。那就是新世界的到来吧。"

"果真，这座森林入口处一片平常景象，而走到里面，就变成刚才的样子。要是再往里走，大概树木早已一棵不剩，从根部腐烂变成水蛭了吧。呼救无门，我也许命中注定要命丧此地。我忽然意识到，脑海里浮现混乱的想法，大概是已经知道自己死期将至吧。"

"横竖都是一死，倒不如尽量往前走，去看看那世人连做梦都想不到的血与泥的大沼泽的一角也好。有了这个觉悟，也不觉得什么恐怖不恐怖的了。我把像念珠一样挂满一身的水蛭，都顺手扒拉下来，扯下丢掉。我像暴乱了一样，扬手跺脚地疾走出去。”

"起初感觉整个人都肿了一圈，奇痒难耐。之后又觉得突然瘦了下来，浑身一跳一跳地疼痛难忍。从上面走过的时候，水蛭依然毫不留情地劈头盖脸地袭来。"

"我已经两眼发昏，眼看就要倒下。好在灾难已经到头了，我像是穿过了隧道一般，抬头远远地看见一轮朦胧的月。这里是水蛭林的出口。"

"刚走到这苍穹下面时，我不顾一切地将身体倒在了山路上。只想把水蛭压碎，碾成微尘。即便是地上有沙砾、有针，我只管在地上乱蹭，总算是让数十条水蛭死在路上。我赶紧窜到三十尺以外，哆哆嗦嗦地伏在那儿。"

"这不是捉弄人嘛！四周的山林处处都是液蝉，扯着嗓子叫唤。身后就是那片将要化成血泥潭的森林。日头西斜，溪下已黑魆魆一片。"

"即便是喂了野狼，也不过是一死。刚好是徐缓的下坡路，小沙弥①像搭错了筋似的，把竹杖扛在肩上，匆忙逃走了。"

"我被水蛭吸咬得不知是痛是痒，痛苦得难以言表。若非如此，我这时一定是欢快地独自走在翻越飞騨山的小道上，吟唱着经文，跳着外道舞②吧。这时神志已经恢复得差不多了，想着

---

① 僧人此处自称小沙弥。
② 祭祀节日中戴着面具跳的舞。

嚼碎些清心丹敷到伤口上。我掐了掐自己，确实是活过来了。不过，富山的药商到底怎样了。看样子，早已化成血水，融入泥沼里了。皮包骨头的尸骸横在森林暗黑的地方，贪婪肮脏的下等生物，数以百计地爬在尸骸上，恨不得吮咂得他连骨头都不剩。即便是泼上醋，恐怕也分辨不出哪个是他了。"

"我这么思忖着，走在那条长长的缓坡上。"

"坡的尽头传来潺潺的流水声，在意想不到的地方竟架着一座一间①的土桥。"

"一听到山涧的水声，我就想，要是纵身一跃，把这被水蛭吸干的身子泡在水里，那定会非常爽快。要是走着走着桥塌了，也就这样了。"

"我也没觉得桥危险，径直走了上去。虽然有点颤颤巍巍，不过也不费劲地过去了。对岸又是一条坡，这次是上坡道，真是千辛万苦。"

十

"累成这个样子，想必也爬不了坡了。突然前方回荡起马儿

---

①日本长度单位，1 间 =6 尺 =1.818 米。1958 年时废止该法定单位。

咴咴的嘶鸣声。"

"是马夫回来了呢，还是驮着货经过的呢？从今天早晨和那位庄稼汉分别，时间并没过去多久，可却觉得像是三五年都没遇到说话的人了。既然有马，总会有人家吧。因此我备受鼓舞，总算是舒了一口气。"

"并没费多少周折，就来到了山里的一栋房子前。因为是夏天，门窗都没有关，而且孤零零的一户人家，也没有一扇像样的门。迎面就是一个破破烂烂的门廊，坐着一个男人。我不顾一切地，紧紧地抓住他，用求救的口吻央求道："

"'拜托，拜托！'"

"我接着又说道：'打扰您……'然而，他一言不发，歪着头，脖子瘫软无力，耳朵都快贴到肩上了。充满稚气的眼睛，大而无神，直勾勾地盯着站在门口的我。半死不活的，连眼珠子都懒得动一下。身上穿着浆洗过的和服，裙摆很短，袖子还不到胳膊肘。胸口处用绳打了个结，衣服像是用单层料子做的，他那肉囔囔的大肚子，圆滚滚地活像一面鼓。肚脐是凸出来的，形状怪异，像个南瓜蒂。他一直手摆弄着它，另一只手悬在半空中，手势像个幽灵。"

"两只脚伸在那里，像是被遗忘了似的。他完全没有腰，像是一个折叠起来立在那儿的门帘子，年纪有二十二三的样子，嘴巴大张着，鼻子低得仿佛要被上嘴唇卷起来，长着大脑门儿。

剪成半寸的头发很长，前面像个鸡冠子，向后脖颈那儿翘着，盖住了耳朵。是个哑巴呢，还是白痴呢？眼前这位即将变成青蛙的少年，让我吃了一惊。我的命倒是无大碍，可是他的长相神情，哎呀，可是太不正常了。"

"'劳驾您……'"

"我也是没法子，又招呼了一声。他全然没有反应，只是稍微转了转脖子，这次把头搭到了左边的肩上，依旧张着大嘴。"

"照这个情形，弄不好他会突然抓住我，边摆弄着那肚脐眼，边舔我以代替回答呢。"

"我后退了一步。又觉得，即便是深山之中，也不能把他一人留在这里置之不理。于是踮起脚尖，稍稍高声唤道：'抱歉，有人在吗？'"

"从后门那儿又传来了马嘶声。"

"'谁啊？'"

"从杂物房那边传来的，是个女人的声音。"

"糟糕！感觉要出来一个白净脖子上长着鳞，拖着尾巴，从地上爬过来的东西。我这么想着，又退了一步。"

"'哎呀，是上人啊。'"

"出来的是位娇小玲珑的美人。声调清朗，甚是温柔。"

"我深深地舒了一口气，什么也没说，只是哎了一声，低头致意。"

"妇人跪坐下来，向前探着身子，眯着眼睛望着站在黄昏日暮里的我，问道：'您有何事？'"

"她并没有招呼我坐下休息。看起来，像是主人常世①不在家，不准备留人住宿。"

"看这情形，要是不早点开口，反倒不好请求了。于是我腾腾地走向前去，恭恭敬敬地弯腰行了个礼：'我是要翻过山到信州去的。请问距离有旅舍的地方，还有多远？'"

十一

"还有八里多路呢。"

"除那儿之外，就没有留人住宿的人家了吗？"

"没有啦。"

"她一边说着，一边用那清丽的眼睛，一眨不眨地上下端详着我。"

"是这样的，说实话，即便是您告诉我再走一百米，就有一户人家，为了积德行善，让我睡上房，整晚都给我扇着扇子，

---

①谣曲《钵木》中的人物。《钵木》相传为观阿弥与世阿弥所作，具体作者不详。北条时赖扮成旅僧周游列国时，在一个大雪的傍晚到常世家借宿。常世因为家境贫寒，原本拒绝了僧人的借宿请求。后又转念追上僧人，招待他在家中留宿，还拿出粟子饭供其享用。更在薪火燃尽之时，拿出自己珍藏的松、梅、樱三钵盆栽，用作薪柴填到火中。

我也是一步也走不动了。不管是哪里的库房也好，马厩的一角也好，求求您啦！"

"我心想，刚才的马嘶声一准是从这家传出来的，就这么说了。"

"妇人沉思了片刻，冷不丁地侧过身去，拿起布袋子，像洒水一样哗哗地把米倒在膝边的桶子里。她按着桶边，单手捧起米，看了看：'啊，那您就住下吧。刚好米也够给您煮饭的。而且夏天，虽然山里的房子凉，但晚上应该也能应付过去。好啦，您先上来吧。'"

"她话音未落，我就已经坐到了檐廊上。妇人突然起身，走了过来。"

"上人，有件事我不得不跟您知会一声。"

"语气斩钉截铁，我战战兢兢地应声：'好，好的。'"

"'唉，也不是别的。就是我有个毛病，爱打听京城里的事情。即便您嘴封得再紧，我也会死乞白赖地问。您那个时候也千万别忘了，即便是我再怎么问，您都不要告诉我。即便是我一定要求您告诉我，您也千万要拒绝我。这一点，请您好好记在心里。'"

"妇人的话，好似另有隐情。"

"住在这座孤零零的房子里的妇人的话，高山幽谷一般深不可测。不过也不是什么难以坚守的戒律，我唯有点头答应：'是，好的，我绝不违背您的嘱托！'"

"妇人语气柔和下来。"

"'快来快来，屋子里尽管不干净，也请您请进来休息一下。我给您打点洗脚水吧。'"

"'不啦，不用了。请您借我一条手巾。要是能顺便把手巾浸湿就更好了。在路上遭了大罪，难受极了，这身子都恨不得扔掉。我想擦擦背，麻烦您了。'"

"'哦，流汗了。您一定很热吧。稍等一下，对于旅客来说，最高级的款待就是到了旅馆能泡个热水澡。可我们这儿，甭说热水澡了，连像样的茶水也端不出来。不过，这后面的悬崖下，有条清澈的河，到那里去洗洗吧。'"

"我一听，恨不得飞奔过去。"

"'啊，那可真是太好了。'"

"'好，那我就带您过去。正巧，我也要去淘淘米。'"

"她把桶子夹在腋下，走下檐廊，穿上一双稻草鞋。之后又蹲下去，瞅了瞅檐廊下面，拽出一双旧木屐。把两只对着拍了拍灰尘，替我摆好：'请穿这个吧，草鞋放在这里就行了。'"

"我抬起手，向她行了个礼：'实在是太过意不去了。'"

"'留您在这儿住宿，也是前世有缘。您就不要客气了。'"

"殷勤得可怕。"

十二

　　"'来，跟我到这边来吧。'她抱着那个淘米的桶子，把毛巾掖到细腰带里，站起了身。"

　　"她那浓密的头发松松地束着，插着一把梳子，还用簪别住。那容姿别提有多美好了。"

　　"我也赶紧解开草鞋，快速地换上旧木屐。从檐廊站起身的时候，正好瞥见刚才的那位白痴大人。"

　　"他正盯着我看呢。他的舌头不太灵光，用愚蠢至极的声音嘟囔着：'姐呀，介，介……'边说着，边慵懒地抬起手，摸着自己蓬乱的头发。"

　　"于是，妇人那下巴丰腴的脸上露出了酒窝，干脆地连续点了三次头：'和尚，和尚？'"

　　"少年嗯了一声，又瘫在那里，不住地摆弄着肚脐。"

　　"我很同情她，头都不好抬起来，偷偷地一瞧，妇人却一副毫不在意的样子。我跟在她后面正要出门时，从绣球花的花影里霍地走出一个老爷子。"

　　"看样子像是从后门出来的，穿着草鞋子，方形皮革烟袋包上垂着长长的吊坠，嘴上叼着烟袋杆，与妇人并排站在了那儿。"

"上人来了呀。"

"妇人转身对着他：'大爷，怎么样了？'"

"俺正要说呢，又蠢又笨大概就是说的那种家伙了吧。除非是彻头彻尾的狐狸才能欺得了它。不过，凭我这三寸不烂之舌，巧妙周旋，两三个月内小姐您的生活都不用愁。明天我就去换了东西挑过来。"

"'那就拜托了。'"

"'明白，明白，嗯，小姐您这是要去哪儿？'"

"'到悬崖那边的河边一趟。'"

"'可别带着年轻上师一起掉水里咯，俺就在这巴巴儿地等您回来。'说着就歪着身子倚到檐廊上。"

"妇人看着我，微笑说道：'您听听他说那话。'"

"我退到一旁，说道：'我自己一人去吧。'"

"老爷子咯咯地笑着说：'哈哈哈哈，快，快去吧。'"

"'大爷，今天哪，来了两位稀客。这种时候，说不定之后还会来。只有次郎在家，客人会为难的，你就在那儿歇着，等我回来吧。'"

"'好的。'老爷子说着，蹭到少年身旁，用铁撬棍一般的拳头，对着少年的背就是一拳。白痴肚子的肉层层叠叠，哭丧着脸，咧嘴一笑。"

"我胆战心惊地背过脸去，妇人却若无其事。"

"老爷子张着大嘴说道:'趁您不在家,俺可要把您当家的偷走了哦。'"

"'行,那你可就立功了。好了,上人走吧。'"

"感觉老爷子在背后盯着我,就按着妇人的指引,从刚才绣球花的反方向,贴着墙走去。"

"一会儿就到了后门那儿,在左手边看到一个马厩,里面传来咚咚的声音,大概是在踢挡板。这时,天也暗了下来。"

"妇人说道:'上人,从这边下去。路虽然不滑,可是相当难走,您慢慢来。'"

十三

"想必是从这边下去。那边长着一棵高得出奇的松树,细长细长的,直到约莫五六间的地方,连一根小枝子都没有。从那中间钻过,抬头望见树梢上一轮洁白的月亮。此处的月亮跟别处并无两样,在这样一个十三夜[①],尘世又在何方呢?"

"走在前方的妇人,不见了踪影。我抓住松树干仔细一瞧,原来就在正下方。她仰着头:'这块很陡,您当心点。上师,您

---

①指农历十三日的夜晚,当晚的月光皎洁,不逊于十五的月色。

要是穿着木屐会不会不好走？要不，给您换草鞋吧。'"

"看样子她是以为我走不动才落后的。不过我即便是滚下去，也恨不得快点去洗掉水蛭的污垢。"

"'没事，要是不好走，我打赤脚就是了。您就不用管我，让小姐您操心，真是过意不去。'"

"'哎哟，您是叫我小姐吗？'她稍微提高了声调，妩媚一笑。"

"'是啊，记得刚才那位大爷是这么叫的，应该是夫人吗？'"

"'不管怎么说，我可是能当你叔母的年纪了。好啦，快走吧。草鞋倒是也行，不过要是扎了刺就糟了。而且弄得湿漉漉的，您穿着也不舒服吧。'"

"她脸朝前方，边说边撩起衣服半边下摆。洁白的双脚，随着走动，就像白霜消融一般融入暗夜里。"

"我们腾腾地一个劲儿地赶路，这时从旁边的草丛里，慢悠悠地爬出一只癞蛤蟆。"

"'哎呀，真恶心。'说着，妇人往身后高高地抬起脚，跳了过去。"

"'有客人在啊，趴到别人脚上，真是贪心不足，你们吃吃虫子，就足够啦。上人，您尽管往前走，不会有事的。这种地方，连这种东西也恋着人，真是讨厌哪。像是朋友见面似的蹭过来，真是羞耻，可不许那样啊。'"

"癞蛤蟆又慢吞吞地扒开草丛，钻了进去。妇人径直往前走：'到这上面来走，土太松软，会塌的，地上走不了。'"

"原来是一棵大树倒在茂盛的草丛里，树干若隐若现。虽是圆木，但异常粗壮，穿着木屐走在上面也无碍。走了好久才走到头儿，刚一过去，耳边就立刻传来阵阵激烈的流水声。"

"抬头一看，松树已经消失无踪。十三夜的美月低低地照着，半悬在刚走下来的那座山的山顶。月色皎洁，仿佛触手可及，其实高不可测。"

"妇人招呼道：'上人，到这边。'"

"她距离我一步之遥，在下面等着我。"

"那边一整片全是岩石，山涧的水流到岩石上，形成一片浅滩。河宽六尺，临水而立时反倒听不到什么水声。溪水清美，像是融化的玉石铸造而成。倒是远方，回荡着流水激烈冲击岩石的声音。"

"对岸又是一座山的山麓，山顶漆黑一片。从山脚到半山腰，沐浴在月光下的地方是大大小小的岩石。有蝾螺形状的，有切成六尺见方的，也有似剑的、球形的。目之所及，全是岩石。越到下面越大，浸在水里，像座小山一样。"

十四

"'正好，今天水涨上来了。不用下水，在岩石上就能洗。'

妇人光着如雪般洁白的双脚，脚掌浸在水里，脚趾蜷起，站在岩石上说道。"

"反倒是我们站的这边，山麓逼近水面，刚好形成一个方形的洞穴，上面立着一块石头。站在石头上，河水的上游、下游都可以看到。对面的岩石山，仿佛有九十九道弯，蜿蜒曲折，流水越往上流越窄，五尺，三尺，一间……渐行渐远。像是在石头缝里穿针引线一般，若隐若现。在月光的照射下，就像一具银色的盔甲。近在眼前的这段，就像在整理晃动的丝线一样，翻动着纯白的浪花。"

"'多好的溪水啊。'"

"'是呀，这水的源头是条瀑布。来到这座山的游客，都会在某处听到像刮大风似的声音。上人您在到这里来的路上，没有觉察到吗？'"

"这么一说，我倒是想起就在进入水蛭林之前，曾听过那种声音。"

"'那不是风吹到林子里的声音吗？'"

"'不是的，大家都那么说。距离那座森林三里左右，进入岔道的地方有一条大瀑布。据说是日本最大的瀑布，只是道路险峻，十个人里也没一个能到达的。刚好整整十三年前，据说那条瀑布肆虐，发了很可怕的大水。连这么高的地方都沉入河底了呢。山麓的村落和山上的人家都一个不剩地全给冲走了。

上之洞这儿，起初也有二十几户人家。这条溪流就是那个时候形成的。您看，像这样全把石头都冲过来了。'"

"妇人不知何时已经淘好了米。只见她挺着丰腴的胸站在那儿，衣领凌乱，隐约都能看到乳晕。她鼻梁高挺，抿着嘴，仰头望着上方出神。月儿依然照着半山腰上层层累累的大岩石。"

"我蹲下去洗胳膊：'现在这么看着，也还是觉得恐惧呢。哎呀，上人，您那么规规矩矩的，会把衣服弄湿的，穿着多不舒服。干脆脱光了洗吧，我给您冲水。'"

"'不了……'"

"我扭着身子缩在那里。'不什么不嘛。您看看，法衣的袖子都浸在水里了不是？'她这么说着，突然从我身后解下了我的腰带，不由分说地利索地扒掉了我的法衣。"

"我因为师父教导严格，又是个诵经之人，从未赤身裸体过，更何况是在妇人面前。我像蜗牛交出了自己的壳一样，话都说不出口，更别说手脚挣扎了。我猫着腰，并着膝，缩成一团。妇人轻柔地把脱下来的法衣搭到旁边的树枝上。"

"'法衣就这么搭着吧。来，把背伸过来。我说，不要动嘛。作为您叫我小姐的还礼，叔母我就照顾照顾您。乖乖别动哦。'妇人说着，用牙咬住一只袖口把它卷了上来，一双玉臂毫不掩饰地贴在我的背上。她定睛一看，叫了一声'天哪'。"

"'怎么了。'"

"'整个背都像痣一样，紫青一片。'"

"'唉，可不是嘛，遭了大罪。'"

"只要一想起来，就毛骨悚然。"

十五

"妇人满脸震惊地说道：'这么说，您在森林里可真是遭殃了。旅人说飞骡山那边下水蛭雨，就是那个地方了。上人您不知道抄小路，因此从正面经过了水蛭的老巢哇。也是您命中有神明保佑，那儿连牛马都能给吸血吸死呢。身上又痒又疼的吧？'"

"'现在就只剩下疼了。'"

"'那么，用这种东西搓的话，您柔嫩的皮肤会被擦破的。'说着，她的手掌像棉花一样摸了上来。"

"随后，她哗哗地撩着水，从双肩，到背部、侧腹和臀部，都给擦了一遍。"

"而且，那水也没有冰凉刺骨。虽说时值夏季，但按道理说也不该如此。不知是我热血沸腾，还是由于妇人的体温，经她手撩过来的水，泼在身上，十分舒服合宜。不过，听说优质的水都是柔和的。"

"那舒服劲就甭提了。倒也没有犯困，只是朦朦胧胧的，伤口不疼了，神志也不清醒了。妇人的身子紧紧贴着，我像是被包裹在花瓣中一般。"

"妇人的姿色，山间人家不会有，在都城里也算难得的。只是看上去有些虚弱，给我擦背的时候，暗暗地扑哧扑哧喘着粗气。心想着要婉拒她，却神志恍惚，边留着意边任由她洗了下去。而且还有一股淡淡的芳香，不知是山里的香气，还是女人的体香。我觉得，是她在我背后呼出来的香气。"

上人顿了顿："唉，你离得近，能不能把灯挑亮些。这话在暗处讲可太像话，从这儿开始我可就不羞不臊地讲下去了。"

那灯暗得，连并排着枕头的上人的身影都朦胧了。我赶紧把灯芯挑亮，上人微笑着，继续讲了下去。

"就这样，不知从何时起，我就似睡非睡的，被轻柔地包裹在那不可思议的、散发着香气的温暖花瓣中了。从脚、腰、手、肩到脖颈，逐渐连脑袋都全被包裹在内。我吓了一跳，在岩石上摔了个屁股蹲儿，双脚掉进了水里，我还以为自己落水了。妇人的手从背后越过肩，紧紧地按住了我的胸脯，我就牢牢地抓着她的手。"

"'上人，我待在您旁边，有汗臭味儿吗？我极其怕热，就连这么着，都热成这个样子。'"

"我慌忙放开她按在我胸前的手，像个棍子一样立在那里。"

"'冒犯了。'"

"'没事，又没人看到。'妇人满不在乎地说着。不知什么时候，她也脱光了衣服，全身像丝绢一样裸露着。"

"我简直吓坏了。"

"'我这么胖，热得都不好意思了。这阵子，我每天都来两三次，到这边冲凉。要是没有这溪水，我可怎么办呢。上人，手巾。'说着，把一条拧好的手巾递了过来。"

"'用这个擦擦脚。'"

"不知什么时候，我身上已经给擦干净了。跟您讲这个，甚是惶恐啊，哈哈哈，哈哈哈……"

十六

"果真如此，与穿衣服的时候不同，她确实体态丰腴，肌肤饱满。"

"'刚刚去马厩里照料，身上沾上了马的黏糊糊的鼻息，恶心极了。刚巧我也洗好了，也擦擦身子吧'。"

"她用姐弟唠家常的语气说完，一边扬起手按住乌黑的秀发，一边用力擦了擦腋下。随后双手拧干手巾，袅袅婷婷地站在那里。本就洁白如冰雪的肌肤，又经清洌的灵水洗净。这样的女人流下汗水，都是粉色的吧。"

"她缓缓地梳着头发说道：'哎呀，一个女人家这么轻浮，要是掉进河里，该怎么办呢？要是被冲到下游，村民们看到会说些什么呢？'"

"'他们会说，是白桃花呀。'"

"我漫不经心地脱口而出，之后和她面面相对。"

"于是，她欣欣然地莞尔一笑。她那个时候的样子是那么天真无邪，仿佛是一下子年轻了七八岁。她随即如含羞的处子一般，娇羞地低下了头。"

"我赶紧移开视线。那时的妇人，娇美的身姿沐浴在月光下，在朦胧薄雾中，带着透明的苍白色，映在对岸那被水花溅湿、发黑光滑的大石头上。"

"在昏暗中虽然看得不清楚，但对岸确实好像有个洞穴。此时，从身后和对岸，扑棱扑棱飞过来跟鸟一般大的蝙蝠，遮住了我的眼睛。"

"'哎呀，不可以呀，有客人在呢。'"

"妇人像是被吓了一跳，痛苦地扭动着身子。"

"'怎么了？'"

"我此时已经穿好了法衣，于是底气十足地上前询问道。"

"'没事。'"

"妇人只是这么说了一句，就难为情地背过身去。"

"这时，一只小狗一般大小的灰色家伙，迈着小碎步走了过来。突然纵身从悬崖边腾空横跳起，从后面紧紧地扒在了妇人背上。"

"裸身站在那里的妇人，仿佛上半身消失了似的，被那家伙给抱住了。"

"'畜生，没看到有客人吗？'"

"妇人的声音里带着怒气。'你们太放肆了。'说着，猛地回过头去，对着那只企图从腋下偷看的动物的脑袋，狠狠地打了一拳。"

"那个小光头发出喊喊喊的怪叫，就那么向后腾空跳去，长长的手臂吊在刚才搭法衣的树梢上，随即倒挂着旋了一圈向上攀去。能这般矫健熟练地爬树的，不就是只猴子嘛。"

"它大概从一根树枝移到另一根，不久便攀到头顶高树的树梢上，上面沙沙作响。"

"月儿已离开山脚，升到树梢附近，稀稀落落地透过树叶洒落下来。"

"妇人好似被惹恼了。刚才的恶作剧，哦，算上蛤蟆和蝙蝠，再加上猴子，一共都闹三次了。"

"她看上去真要发火，就像小孩子淘气过了头，年轻的妈妈会生气那样。我一言不发，默默缩在一旁。"

十七

　　"这位妇人，柔中带刚，看似轻浮却有沉稳之处。与人亲近却又端庄持重、不容轻易侵犯。遇到任何事情都成竹在胸，处乱不惊。她若发起娇嗔，一定没什么好事。现在要是惹恼了她，恐怕也像那只栽落高木的猴子一般了。于是我提心吊胆、战战兢兢地待在一旁。不过，事情并没有想象中那么严重。"

　　"'上人，您一定觉得好笑吧？'她像是回过神来似的，爽快地微笑着说，'我也没有办法呀。'"

　　"她又变得像往常一样随和，腰带也很快扎好了。'那么，回家吧。'说着，把淘米桶夹到腋下，趿拉着木屐径自爬上了悬崖。

　　"'危险哦。'"

　　"'没事，已经大致了解情况了。'"

　　"本以为自己已经适应了，攀爬的时候向上一看，才发觉比想象中要高得多。不久又到了原木那里。刚才也提到了，原木倒在草丛里，树皮如同鳞片一般。就像打比方中经常说的，松树像蝮蛇嘛。"

　　"特别是沿着悬崖向上弯曲的样子，就像长着这么粗身子的大蛇一般，身子和头都藏到草丛里，月光照耀下更历历在目。"

"这让我想起山路时的回忆，不由得双腿僵硬。"

"妇人热心地惦记着后面的我，提醒道：'过原木的时候，千万不能往下看。刚好赶上半山腰，山谷深不可测，要是眼晕就糟糕了。'"

"'好的。'"

"不能再磨磨蹭蹭了。我自我调侃着，不管怎样先爬了上去。上面刻着落脚坑，所以只要沉住气，穿着高齿木屐也能通过。"

"可是，就因为山路那件事，我总忍不住去想。一踏在上面，就觉得脚下摇摇晃晃，软趴趴的，仿佛眼见就要滑溜溜地蠕动起来似的。我哇的一声，扑通一下叉着腿倒在树上，腰也摔着了。"

"'啊，真没出息。木屐太难走，换上这双吧。我说，要好好听我的话。'"

"我从刚才开始就对那个妇人产生一股敬畏之情，决心不管好坏，只要是她的命令，我就言听计从。所以就照她所说换上草鞋。"

"于是，请听我说——妇人边换上木屐，边牵起我的手。我觉得身体突然轻飘飘的，也不问缘由，就那么跟在后面，轻而易举地就回到了那座孤零零的房子的后门旁边。"

"迎面一个声音招呼道：'哎呀，原以为要花很长时间呢，上人原样回来了啊。'"

"'说什么呢？大爷你怎么不在家看门呢？'"

"'时候不早了，我要是待得太晚，可就不好走了。我想着，差不多该把小青牵出来，准备出门了。'"

"'让你久等了。'"

"'没啥。去看看吧，您丈夫毫发无损。哎呀，他可不是我能哄骗得了的，哈哈哈。'老爷子说了几句莫名其妙的话，大笑几声，就到马厩去了。"

"白痴依然老样子坐在原来的地方，像一只水母，要是晒在阳光下，都会融化似的。"

十八

"咴咴！嘶！嘚嘚嘚！檐廊这边回荡起马蹄绕过后门的声音，老爷子将一匹马牵到门口。"

"他拽着马辔头堵在前面说：'小姐，那么俺就走啦。给上人多做些好吃的吧。'"

"妇人把座灯挪到灶沿，正低着头往锅下添柴火。她转身仰起头，把握着火筷子的手放在膝头：'辛苦了。'"

"'没事，不用客气。吁！'老爷子说着拉了拉粗粗的缰绳。"

“那是一匹公的菊花青，没佩马鞍，体格健壮，但鬃毛很稀疏。”

“说到那匹马，我倒不是觉得马稀罕，只是拘谨地待在白痴后面，有些无聊。在老爷子正要牵马出门的时候，我敏捷地快步来到檐廊下。”

“‘那匹马要牵到哪里？’”

“‘嗯，牵到诹访湖①那边的马市去。现在要从您明早会走的山路过去。’”

“妇人慌忙打断他，插话道：‘你不会打算骑着它逃跑吧？’”

“‘不不，岂敢？出家修行的人，绝没有为了歇脚就骑马的道理。’”

“‘这匹马可不是人能骑得了的。上人，您好不容易捡来一条命，就老老实实地待在小姐袖子里，让她保护您吧。告辞，俺走了呀。’”

“‘好。’”

“老爷子叫了声‘畜生！’，可那马却不肯出去。它好像哆哆嗦嗦地蠕动着似的，硬扭着大鼻头，不住地往我们这边看。”

“‘嗒嗒嗒，畜生，这可恨的怪物。驾！’”

“老爷子左右开弓拉拽缰绳。可那马却像是脚底生根似的，

---

①位于日本长野县中部。

直挺挺地站着，纹丝不动。"

"老爷子焦急万分，围着马身子绕了两三圈，又拍又打。马依然一步都不迈。老爷子把肩膀冲着马肚子一撞，它总算抬起了前蹄，随即又四脚扎地，一动不动。"

"'小姐，小姐。'"

"老爷子一呼喊，妇人就轻轻站起身来，踮着雪白的脚尖，迈着小碎步躲到被煤烟熏得魆黑的粗柱子后面，避开马的视线。"

"随后，老爷子拽出腰间那条被汗浸得发黄、皱巴巴的手巾，认真擦了擦满是皱纹的前额上的汗水，以为这下就没问题了。他鼓起干劲儿，再次兜到马前面。但马依旧纹丝不动。他双手攥住辔头，并起双脚，背着身子挺起腰杆，使出浑身力气。正当那时，你猜怎么着？"

"那马发出一声巨大的嘶鸣，反身将前蹄抬到了半空中。身材矮小的老爷子扑通一声摔得四仰八叉。月夜之下，尘烟四起。"

"大概连白痴都觉得好笑吧。唯独这次，他直直地挺着脖子，厚厚的嘴唇张得大大的，露出大颗的牙齿，耷拉在半空中的手像扇风似的挥来挥去。"

"'真是麻烦人啊。'"

"妇人不耐烦地丢下一句，拖着草鞋径自来到泥地客厅。"

"'小姐，您别误会。不是因为您。它一出来就瞅见了那位上人。这畜生有俗缘哪。'"

"听到俗缘，我吃了一惊。"

"这时妇人问道：'上人，您到这儿来的路上，有见过什么人吗？'"

十九

"'唉，在十字路口前，遇到了一位富山卖还魂丹的药商。他先我一步走了这条路。'"

"'哦，这样啊。'妇人露出会心的微笑，看了看菊花青。她像是忍俊不禁似的，露出大大咧咧的神情。"

"我看她此时显得很易接近，问道：'难道他来这里了吗？'"

"'不，没见过。'她说着，立刻又变得不容侵犯，我赶紧闭嘴。妇人丢下饭勺，望着在马前蹄下掸着身上灰尘的矮小老爷子。她边嘟囔了一句'真没办法'，边揪掉细腰带，提起快拖到土里的一头，犹豫了片刻。"

"'啊，啊——'白痴发出混浊的声音，伸出那只摇摇晃晃的手。妇人把解下来的腰带递给他。他便像守护宝贝一样，将腰带卷成一团，放到膝盖上。那膝盖软趴趴的，虚弱无力，像一张展开的包袱皮。"

"妇人拢着衣襟，按住乳房下方，轻轻地走出泥地客厅，悄悄凑到马旁边。"

"我目瞪口呆地看着，只见她踮起脚尖，温柔地抬起手，抚摩了两三下马鬃。"

"随后，霍地站到大鼻头的前面，仿佛连个头也突然唰地长高了似的。妇人目不转睛，紧抿双唇，眉头舒展，一副意乱神迷的样子。此时，她身上的怜人魅态与亲切殷勤全都消失不见，只觉得她不是神，就是魔。"

"那时，屋后的山脉，对面的峰峦，耸立在前后左右的嶙峋乱石，好似一个一个努着嘴，抬起头，窥视着这位在一隅别天地里，在老爷子眼前面对着马亭亭玉立的月下美人的容姿。阴森可怖的深山之气浓烈地笼罩过来。"

"好似一阵暖风吹过，突然眼前的妇人褪下左肩的衣服，又从袖口里抽离了右手，把手转到前面。把那件单层和服团作一团拿在丰满的胸脯下面，浑身赤裸连一丝彩霞都没挂。"

"此时，马的后背与肚皮都松弛下来，几乎汗如雨下，死死僵住的四肢也变得酸软无力，打了个哆嗦。随后，鼻头着地吐了一团白沫，前腿几乎要弯曲跪地。"

"这时，妇人托着马下巴，将拿在另一只手里的单层和服轻轻丢过去遮住马眼睛，迅疾如兔一般跳起，仰面翻过身去，在妖气笼罩朦胧一片的月光之下，赤身夹到马前蹄之间，转瞬之间已掀下和服，一骨碌从马腹下侧身钻了出来。"

"老爷子心领神会，趁机拉起辔头，马就健步如飞地踏上了山路。丁零，丁零，丁零，丁零丁零，丁零丁零……眼见着渐行渐远。"

"妇人早已披上衣服来到檐廊，突然要去取腰带。而白痴却不甘心，压住带子不愿松开，还要抬手去按妇人的胸脯。"

"妇人冷酷地打开他的手，恶狠狠地瞪了他一眼。白痴颓然地垂下了头。这一切光景在幽暗的座灯之下，如梦如幻。添到灶下的柴火闪动着熊熊火苗，妇人径直快步跑进来。仿佛是走到了月亮后面，远方传来马夫的歌声。"

二十

"之后就是吃饭时间。饭菜是山家的清香腌菜、腌生姜、热焯裙带菜，还有叫不上名的盐腌蘑菇大酱汤。完全不是胡萝卜与葫芦干能比及的。"

"虽然菜品不多，但香甜可口，我又饥肠辘辘，加之还艳福不浅，有美人服侍在侧。她把饭盆放在膝头，支着胳膊肘托着脸，一直乐滋滋地望着我呢。"

"待在檐廊的白痴，因为没人理会，大概无聊得撑不下去了，他虚弱无力地爬出来，挺着便便大腹来到妇人身边，像瘫软下去似的盘腿坐下，不住地盯着我的饭菜，指着嘟囔道：'呜呜呜呜，呜呜呜呜。'"

"'怎么了？待会儿再吃，这不是有客人在嘛。'"

"白痴一副可怜巴巴的表情，歪着大嘴摇了摇头。"

"'不愿意？真没办法。那就一起吃吧。上人，请您见谅。'"

"我不由得放下筷子。"

"'请别客气。真是劳您费神了。'"

"'没事，上人说的哪里话。你之后跟我一起吃不就好了嘛。真是为难。'她依然殷勤热情。动作麻利地准备好一份相同的饭食，并排着放在桌上。"

"装饭的手法也是干脆利索的主妇模样，同时又带有无以言表的端庄典雅和名门之风。"

"白痴抬起混浊的双眼，盯了一眼桌上的饭菜，嘴里却唤着'要那个，那，那，那个……'，两眼滴溜溜地望着四周。"

"妇人一动不动地看着他，说道：'哎呀，这个不行吗？那个东西什么时候都能吃，今晚可是有客人在啊。'"

"'呜，不行，不行。'白痴摇着肩膀和肚子，眼看要哭鼻子。"

"妇人看上去为难极了，我在一旁都觉得她可怜。"

"'小姐，虽不知是什么，您就按他说的办吧。要是顾念我，反倒让我过意不去。'我恭敬地说道。"

"妇人又问了一遍：'不愿意吗？吃这个不行吗？'"

"眼看着白痴要哭出来，妇人怨怒地斜眄着他，一边从破烂不堪的柜橱里，掏出放在钵罐里的东西，麻利地放到白痴的饭菜上。"

"她像故意赌气似的，说了句'给你'，又挤出了笑容。"

"真为难啊。看样子他大概要当着我的面咀嚼水煮黄蛇，或者蒸烤的猴子胎儿。即便是灾难轻一些，也会大口嚼着赤蛙干吧。我心里这么想着，偷偷一瞧，他单手端碗，从里面抓出来的是一块腌老了的萝卜干。"

"而且，那萝卜干并未切碎，只是一根萝卜切成三条。他把粗粗的萝卜条握在手里，横着就咬着吃起来。"

"原来如此。难怪少年肥肥的身体像腌萝卜一样黄。他不一会儿就轻而易举地吃完饲料，也不要水喝，只是慵懒地朝对面'呼呼'吐着气。"

"'不知为何，我心口堵得慌，毫无食欲，就等一会儿再吃吧。'妇人说着，也不去拿自己的筷子，就把两份饭碗收拾了。"

二十一

"妇人无精打采地坐了半晌：'上人，您一定累了，即刻去休息吧？'"

"'谢谢，我还一点儿都不困。刚才洗了澡，所以疲乏已经完全消除了。'"

"'那条溪流任何疾病都能治愈。哪怕我操劳得皮包骨头、形容枯槁，只要在那水里泡上半天，就会变得丰盈水润。原本接下来入冬，整座山林都遭冰冻，溪流和悬崖也被大雪覆盖。只要您冲澡的地方露着水面，还冒着热气。'"

"'上人，不论是被子弹打伤的猴子，还是折了腿的夜莺，各路鸟兽都来此沐浴。它们的足迹甚至在山崖走出一条路来，所以那水一定是有奇效。'"

"'您要是不那么累，就这么陪我说话吧。我寂寞极了，说来不好意思，憋在这样的山里好似连怎么说话都忘了，心里没底。'"

"'上人，要是您困了，请不要客气。虽不是像样的寝室，不过一只蚊子都没有的。城镇里的人嘲笑上之洞的老乡，说他们去住宿的时候，挂上蚊帐让他们睡觉，结果他们竟不知怎么进去，嚷着想借梯子来使使呢。'"

"'即便是睡懒觉，也听不到钟声，也没有鸡鸣，就连狗都没有一只，所以可以安心休息。'"

"'这位也是一生下来就养在这座大山里。虽然什么都不懂，不过性情很温和，所以您不必拘束。'"

"'若是来了衣着不一般的人，他也知道恭敬地行礼问好。不过还没跟您打招呼吧。近来貌似他身体虚弱，有些懒惰了。

不过，他一点也不傻，什么都知道。'"

"'喏，给上人打个招呼。哎呀，忘了怎么行礼吗？'妇人兴冲冲地说着，亲切地靠过身去，窥探他的表情。白痴摇摇晃晃地支起双手，像发条断掉一般颓然行了个礼。"

"我说了声'唉'，胸口像是被堵住似的，低下了头。"

"白痴俯下身的当儿，仿佛神经断掉了似的，眼看要横着躺倒。妇人亲切地将他扶起，用夸赞的神情说：'噢，做得不错呀。'"

"'上人，我觉得只要吩咐他就什么都能做。只是这个人的病，无论是医生的手还是那条溪流都治不好。因为他双腿不能站，所以即便教给他什么也无济于事。而且您看，就连行一个礼，都那么辛苦费劲。要是教给他东西，他去学肯定相当辛苦，只不过是徒然折磨他的身体罢了。所以就这么养着，什么也不让他做。渐渐地，连动动手、说句话都忘记了。不过，他会唱歌呢。有两三首现在还记得。来，唱一首给客人听。'"

"白痴看看妇人，又滴溜溜地望了望我，像是认生的样子，摇了摇头。"

二十二

"妇人又是鼓励，又是安抚，好劝歹劝。白痴就歪着脖子，摆弄着肚脐，唱道：'木曾御岳山，夏日也清寒。送你夹衣裳，足袜也附上。'"

"'记得很好吧。'妇人认真听着，莞尔一笑。"

"真是不可思议。不用说是听故事的你了，就连我也全然没想到。白痴唱歌时的声音，与我想象的简直有云泥之差，天壤之别。曲调抑扬顿挫，气息持久悠扬，首先那清冽澄澈的声音，怎么也不像从少年喉咙里发出来的。听起来倒像是白痴的前世，从冥土送一根管子到他那圆鼓鼓的肚子里发出的声音。"

"我恭恭敬敬地听完，双手放到膝头，怎么也无法抬起头看一眼这对男女。不知为何内心翻腾不已，簌簌地流下了眼泪。"

"妇人好似眼力敏捷地注意到了，问道：'哎呀，上人，您怎么了？'"

"我一瞬间说不出话来，总算是缓了缓，并未讲明原委，只是感慨颇深地说：'唉，没什么特别的。我不会打听小姐您的事情，您也什么都不要问了。'"

"事实上，我刚才就看出，这位丰腴妖艳的女子，若是金钗玉簪、蝶衣玉履地妆扮起来，根本可以入住骊山①，相伴君王左右。而她却对这个男人如此温柔亲切，毫无保留，我虽是个局外人，仍心生欢喜，情不自禁流下泪来。"

---

①中国陕西省西安市东部的山脉，唐玄宗曾在此为杨贵妃建造华清宫。这里借此指代宫殿。

"妇人也是善解人意之人，随即露出一副领悟一切的表情。"

"'上人，您真是好心。'说着眼中充满难以理解的神情，凝视着我。我低下了头，对面也俯下了脸。"

"座灯好似又昏暗下来，恐怕是那个白痴的缘故。"

"这时……"

"在我们一时沉默无言、气氛尴尬之际，由于无所事事，想唱歌的太夫①百无聊赖地打了个大哈气，仿佛要把眼前的座灯吸入口中。"

"白痴动来动去，苦于应付自己东倒西歪的身子，说着：'睡嘛，睡嘛'。"

"妇人说了句：'困了吗？那就睡吧。'然而却整了整坐姿，像是突然意识到了什么似的，环视了四周。"

"门外明亮如白昼，月光安静地洒落在门户敞开的屋内，紫阳花泛着鲜亮的青蓝色。"

"'上人您也休息吧。'"

"'好的，麻烦您了。'"

"'哎呀，我现在伺候当家的睡下。您好好休息。虽然靠近户外，不过夏天还是宽敞点的地方好。我们去库房歇息，上人您在宽敞的地方好好休息。等一下。'妇人话说一半，蓦然起

---

① 净琉璃中唱白的人。

身，快步走下客堂。由于动作太剧烈，乌黑的发梢卷着弯儿散落到脖颈上。"

"她按住鬓角，扒在门上，眯着眼睛看着门外，自言自语道：'哎呀，刚才一闹腾，好像把梳子弄掉了。'"

"说的正是钻马肚子的时候。"

二十三

"此时，廊下传来一阵脚步声。虽是悄悄迈着大步，但因一片寂静，听得很真切。不久像是解了个小便，只听哗啦一下挡雨板被打开的声音和长柄勺碰在洗手钵上的回响。"

"'哦哦，积水了，积水了。'这是客栈家丈夫的嘟囔声。"

"'嘿，那位若狭的商人看来也到哪儿投宿去了。兴许做着什么快活的梦呢。'"

"请讲后面，之后呢……"我急于听故事，等不及他讲别的事情，毫不顾忌地催促他继续讲。

"接着，夜也更深了。"旅僧说着，又继续讲起来。

"你大概也能猜到，不管多么疲惫，但在这种深山里的一栋孤零零房子里，怎么睡得着。而且，起初就有些心事，让我无法入眠。我睁大着眼，一眨不眨，但毕竟累得厉害，有些迷糊了，一直盼望着天早些泛白。"

"一开始，我还不由自主地期待早些听到钟声。现在要响了吧？已经响了吧？奇怪，时间已经过去很久了啊？不久才想到，这种地方哪里有什么山寺呢，立刻就心慌起来。"

"那时夜已深如谷底，白痴那邈邈的鼾声也传入耳畔，很快门外传来了声响。"

"仿佛是野兽的脚步声，且不像是从远方走来。这里毕竟是有猴子有蛤蟆的地方，我如此安慰着自己。只是不晓得为何……"

"不久，就感觉那东西靠近了房间的正门，变成了羊的叫声。"

"我是把枕头冲着那个地方睡的，也就是说，枕头前面就是门外。不一会儿，右手边紫阳花盛开的地方，传来了鸟的振翅声。"

"不知是不是鼹鼠，吱吱叫着爬上了屋脊。接着又有个东西靠近，几乎要压到我胸口，我揣测那东西得有一座小山那么大，此时传来了牛的叫声。还有从远方迈着小碎步渐渐紧逼过来的，像是穿着草鞋的两脚动物。各种各样的动物蜂拥而来，像是要把屋子团团围住。里面有二三十只动物的鼻息声、振翅声，还有窃窃私语声。我与外面只隔着一块门板。那映照在月夜之下的奇姿异态，宛如一幅畜生道的地狱图，可以称作魑魅魍魉了吧。那景象，就像树叶沙沙随风摇动一般。"

"我屏气凝神。库房那边长长地吸了口气，传来嗯的一声，妇人梦魇了。"

"她叫了一声：'今晚有客人哦。'"

"没过多久，又用清澈的声音清晰地喊了第二声：'有客人啊。'"

"又极其小声地说了句：'有客人哦。'接着连续翻了两次身。"

"门外的那些东西像是故意喊叫似的，把房子震得摇摇晃晃。"

"我一心不乱地念起了陀罗尼①：

若不顺我咒，恼乱说法者。

头破作七分，如何梨树枝。

如杀父母罪，亦如厌油殃。

斗秤欺诳人，调达破僧罪。

犯此法师者，当获如是殃。"

"飒然之间，狂风卷积着树叶，朝南吹去。周围又回归寂静。夫妇二人的寝室也悄然无声。"

二十四

"次日又是正午时分，在靠近村子的瀑布前，我遇到了昨天

_____

①佛教里咒文的一种，指将梵语的长文不经翻译直接诵读出来。

去卖马归来的老爷子。那时，我正打算放弃修行，返回那座孤零零的房子与妇人共度一生。"

"说实话，一路上我满脑子里也只有那件事。所幸没有大蛇桥，也没有水蛭林，但道路难行，又汗流浃背，浑身不自在，更觉得行脚云游了无意趣。披上紫色袈裟，住进七堂伽蓝，又能怎样呢？即便被供为活佛，被人们哇哇嚷嚷地朝拜，也只是被人群的喘息弄得恶心罢了。"

"我方才觉得说出来有些难为情，所以分开来没有讲。昨晚侍弄白痴睡下之后，妇人又来到炉火旁，对我讲，与其到尘世受苦，不如在这冬暖夏凉的溪流旁，留在她身边。如果仅仅是那一点，倒像是我被心魔魅惑。不过，这里我也有为自己开脱的理由。我总是忍不住怜惜那位妇人。她在这深山孤屋里，陪白痴入眠，言语也不通，积年累月连怎么讲话都忘记了。这怎么能行！"

"特别是今日黎明，我欲与她拂袖离别之际，她悄然无力地跟我讲：'真舍不得您。我在此地终老此生，大概再也见不到您了。若是您在哪个溪流边，看到漂着的白桃花，就当成是我沉入谷中山涧变成的碎片吧。'说着，仍热心嘱咐我，'只要沿着这条溪流走，无论多远都能走到村子里。要是看到眼下水流翻腾，落成一道瀑布，便可以放心，近处就是人家。'她把我送到看不到孤零零的房子的地方，替我指了路。"

"纵使不能与她共结连理，但至少可以在她身边。朝夕陪她谈天，一起享用蘑菇汤饭食。我添柴来，她坐锅。我捡树果，她剥皮。在房间的里里外外，谈天说笑。之后两人一起去山涧旁沐浴，她赤裸着身体，趴在我背上呼吸，将我温暖地包裹在奇妙的花香之中。即便是当即死了我也情愿！"

"看到瀑布的水流，我依然抑制不住去想那事儿，甚至，浑身淌着冷汗。"

"此外，我已经精神懈怠，筋骨松弛，早就厌倦了走路。即便已经靠近人家，值得高兴高兴，但左不过又是口臭的老太婆端来一杯苦涩茶水招待。我已然厌倦了进山入村，就跪坐在石头上，正巧瀑布就在眼前。之后听说，叫男女之瀑。"

"水面正中间突起一块黑色的大岩石，像是张着嘴的凶恶鲨鱼。从上面奔腾而下的湍急涧流，触到岩石分成两股，落成一条四丈有余的瀑布，哗啦啦倾泻下来，像是把一匹白布染成暗绿色，箭一般地流向村子。被岩石分成两股的瀑布，一条有六尺来宽，就像是把溪流撕裂成这么宽，流水一丝不乱。另一条，溪流狭窄，三尺左右，下面耸立着众多杂乱的岩石，溪流触到乱岩，像玉帘被砸成万千条碎片，闪闪发光，冲刷、缠绕着那块鲨鱼石。"

二十五

"哀伤温柔的女瀑布，像是恨不得越过岩石去抓住——即便是一缕——男瀑布一样。然而，却被鲨鱼石阻隔，甚至滴水不通。她扭动着，挣扎着，一副尝尽辛酸苦楚的样子，消瘦憔悴。连流水的声音也不同寻常，如泣如诉。"

"而男瀑布正好相反。他一副击碎岩石，凿穿地面的势头，气势堂堂。这撞到岩石分成两股的瀑布深深地刻到我心里，我不禁感觉，女瀑布那心碎欲绝的身姿，宛如俯在男子膝头颤抖哭泣的美女。我只是站在岸边，就浑身哆嗦，心惊肉跳。更何况这水边正是昨晚与孤零零房屋的妇人一道沐浴之所在。一想到这里，不知是否由于心理作用，只见妇人的身影如画一般浮现在女瀑布上，清晰可见，时浮时沉。她的肌肤如乱成千条的流水一起摔成碎片，如花瓣一般四散开来。我吃了一惊，再定睛一看，原来的脸庞、胸脯、乳房和手脚又都完好无损了。她的身影浮浮沉沉，瞬间破碎消失，又瞬间浮现眼前。我再也无法忍受，恨不得倒栽到瀑布里，紧紧抱住女瀑布。回过神来，只听男瀑布咚咚冲刷着地面，发出震天响。山谷中回荡着轰隆地冲击声。啊，有这般力气，为何不去拯救她，而眼睁睁看她如此呢？"

"与其投身瀑布死去，不如回到那栋孤零零的房子去。正因为我被污浊的欲望缠身，才会如此犹豫不决。只要能看到她，听到她的声音，即便他们夫妇同衾共眠，我睡在他们旁边也无妨。纵使这样也比汗流浃背地修行、一辈子当个和尚终老要好得多。我下定决心，准备回去，于是起身离开了石头。这时，有人在背后拍了我一下。"

"那人唤了一声：'哎呀，上人。'正好赶在那个时候，我心神不宁，内心有愧，所以大吃一惊，结果回头一看，并不是阎王的使者，还是老爷子。"

"大概已经卖掉了马，他一身轻松，肩上搭着小包袱，手里一条金色的鲜鱼，长有三尺，生机勃勃地摆动着尾巴，被一条稻草绳穿着鱼鳃，晃晃悠悠地拎着。我一时说不出话来，盯着他看。老爷子也一言不发，凝视着我的脸。随后，意味深长地冷笑了一下。笑的方式并不寻常，是让人瘆得慌的窃笑。他问道：'在干什么呢？以您这修行的身子，总不至于这点暑热就去岸边休息吧。昨天住宿的地方到这边只有不足五里，您要是拼命赶路，这会儿早就到村里拜谒地藏菩萨了吧。'"

"'怎么回事？您是不是思念俺家小姐，心生烦恼了？嗯，不必隐瞒。俺虽然双眼充血，但黑和白看得分明。'"

"'要是普通人，小姐用手一碰，再带到水边服侍沐浴，肯定不会留着人模样到现在了。'"

"'要么变牛，要么变马，要么就是猴子呀、蛤蟆呀、蝙蝠什么的，总之肯定是或飞或跳的。您从山涧那边回来，看您手脚和脸都还是人模样，俺几乎吓得魂飞魄散。真是佩服您心志坚定，由此才得以幸免的哟。'"

"'您看到我牵走的那匹马了吧。而且，您不是说来那栋孤零零的房子的山路上，遇到过一位富山卖还魂丹的药商吗？您看，那个好色之徒早就变成了马，又在马市上被换成了钱，那钱变成了这条鲤鱼。这是小姐最爱吃的，要晚饭时做菜呢。您以为我家小姐是什么人啊？'"

我不由得打断他："上人？"

二十六

上人点点头，低声说道：

"哎呀，先听我讲。说起来，住在那栋孤零零房子里的妇人，与我还有那么一点缘分。在要进入那片可怕魔林的岔路口，被水淹的路上不是有个庄稼汉告诉我，前方曾经是一位医生的家嘛，她就是那里的大小姐。"

"当时，整个飞骡也没有一件稀奇古怪的事，唯一不可思议的就是那位医生的女儿，她生下来就跟玉一样。"

"她的母亲长着胖胖的大饼脸，眼角下垂，鼻梁低矮，还恶俗地乳头翘起。人们纳闷，含着那样两只看着都觉得有毒的奶子，怎么能养得这般美丽呢。"

"当时流言蜚语传得很盛。说老早前故事里就有，屋梁上被射上一支白羽箭①，或者被狩猎的贵人遇到，招到宫殿里的，就是这种人。"

"那位当医生的父亲，颧骨突起，留着络腮胡子，既爱慕虚荣又傲慢无物。在乡下，很多人到了收割稻子的时节，经常被稻穗戳中眼睛，害上脓眼病、红眼病和角膜炎。这位大夫稍稍医得了些许眼疾，但对于内科问题就一窍不通了。要是遇到外科问题，顶多往发油里滴些水，凉凉地给涂到伤口罢了。"

"只要相信，泥菩萨也能变成神。况且，命数未尽的人，原本就能康复。再加上，这个地方也没有其他竹庵、养仙、木斋②了，所以医馆相当繁盛。"

"特别是女儿长到十六七，到了最娇美可人的年纪，都说她是为救助众生而降生在医生家的药师如来③。有虔诚信仰的善男善女、病男病女都争先恐后地蜂拥而至。"

---

①日本古代传说里认为，神会在选定做活祭品的女子家屋顶，射上一支白羽箭。
②竹庵、养仙、木斋都是平凡无奇的医馆名，也是用作指代庸医的暗语。
③即药师琉璃光如来，庇佑众生远离疾厄，消灾延寿。

"之所以会这样，是有缘由的。起初，那位小姐由于跟熟识的病人每天都见面，出于关怀，一边问着：'你的手疼不疼啊？'一边用柔软的手掌抚摩患者的手。第一位被她抚摩的是叫次作兄的年轻人，他的风湿病由此痊愈。还有一位，她说着'看上去很痛苦呀'，给揉了揉肚子，就止住了饮水腹泻引发的绞痛。起初只对年轻男子有效，渐渐地扩展到老年人，之后连妇科病都能靠这个治愈。有些，即便不能治愈，也能缓解痛苦。这位医生大人艺高人胆大，就连割除疖子的恶脓，都拿生锈的小刀去割。病人疼得天昏地暗，呼天抢地哀号时，只要女儿过来，胸脯紧贴病人后背，再用手按住他的肩膀，据说对方就可以忍受疼痛。"

"一阵子，那个树丛前的一株枇杷古树上，来了一群熊蜂，结了一块很大的蜂巢。医生有一位叫熊藏的家养徒弟，他那时二十四五岁，兼任医生家男仆。他既要抓药，也负责清洗打扫，还要到菜园子挖红薯。医生到附近出诊时，也担任车夫。他用瓶子偷了单糖浆兑上稀盐酸，因为医生吝啬，被发现肯定要挨骂，他就把瓶子和细腿裤以及裙裤一起放到架子上，一有空闲就拿出来啜饮。这个男人在打扫院子的时候，发现了那个蜂巢。"

"他来到廊下说：'小姐，我干一件有意思的事儿给您看看。虽然没规矩，但请您握一下我的手。我伸到那个蜂窝里，抓熊蜂给您看。只要是您摸过的地方，被蜇了也不疼。要是拿把竹扫帚去扑打，蜂子四面八方散开，飞得满身都是，那可就对付不了了。会当场毙命的。'小姐微笑着并未伸过手去。他强行让对方握了下自己的手，大大咧咧地朝蜂窝走去。熊蜂发出可怕的嗡嗡声。不久，只见他左手抓着七八只熊蜂回来了。其中有拍打着翅膀的，有抖着脚的，还有几只从他拳头缝里钻了出来。"

"从此，只要被神仙之手摸过，连子弹都打不穿。这样的传闻像蜘蛛结网一样，传向了四面八方。"

"'从那时起，她不知不觉地也感知到了自己的能力。之后，由于某些缘故，她委身白痴，隐居山林之后，更是出神入化，不可思议。随着年岁的增长，越发神通广大，运用自如了。最初还需要把身子贴上去，之后只需用脚，再往后只需手指尖，最后即便是隔空，小姐只要随心所欲呼一口气，迷途的旅人就会变化模样。'"

"老爷子如是讲着，'上人，您在那栋孤零零的房子附近，看到了猴子吧，看到了蛤蟆吧，还看到蝙蝠了吧？无论是兔子还是蛇，所有的一切都是被小姐冲上了山谷的溪流，给变成畜生的家伙！'"

"我哀伤地想起，那个时候妇人被蛤蟆缠住，也想起她被猴子抱住，被蝙蝠吸住，以及深夜被魑魅魍魉给魇住。感觉胸口一紧。"

"老爷子还说，现在的这个白痴，也是那位医生评价很高的时候到他家里去的病人。那个时候还是个孩子，由朴素木讷的父亲陪着，背在长头发的哥哥背上，从山里过来。他脚上长了一个难治的脓包，来寻求医治。"

"原本是租了一间屋子，暂时在那里住下。只是这病情况严重，还会流不少血。尤其，他还是个孩子，动手术前得先养足精力。就先让他一天喝三个鸡蛋的蛋液，并给他贴上膏药，让他安心。"

"撕膏药也需要父亲或哥哥，或者身边的人帮忙。那膏药变硬，一撕就紧紧连着肉。白痴每次都嗯嗯啊啊地哭。但若是医生女儿给撕，就能默默忍着。"

"说来那位神医，也是因为无计可施才以身体虚弱为借口，一日日拖延。只是过了三天之后，正直老实的父亲穿着束腿裤跪在地上往后退，从门口跪行到客厅，穿上草鞋，又双手撑地恳求道：'一定要救救二儿子的命，求您求您。'说完就留下哥哥，回山里去了。"

"然而手术仍然没有进展，七天都过去了，留下来照看的哥哥也辞别道：正赶上收割季，这种时候忙得恨不得有八只手。看这天气状况像要下雨，要是再赶上连雨天，山地里的那些命根子稻谷就要腐烂了，那样家人就得饿死。自己作为长子，又是一号劳动力，不能在这里耗着。又心平气和地叮嘱弟弟不要哭，随后撂下病人就回去了。"

"之后就只剩下孩子孤零零一人。那时，他在户长本子上的登记年龄是六岁。因为他父亲误会了，以为只要父亲六十岁时，孩子长到二十岁，就可以免除兵役，所以故意晚提交了五年，他实际已经十一岁了。不过由于养在深山，村子里的话也讲不好，但头脑伶俐，人话都听得真切。他心里知道，每天不变地让他吮吸三个鸡蛋的蛋液，到治疗时大概会一滴不剩都变成血流出去。他摆弄肚脐，也是因为哥哥告诉他不要哭，他内心在忍耐着。"

"医生的女儿看他可怜，让他和大家一起吃饭。他就叼着一块腌萝卜，缩到角落里，真是惹人怜爱。"

"终于到了要手术的时候，前一天的夜晚，大家都已入睡，一片寂静。起来如厕的女儿看到他像蚊子一样嘤嘤哭着，觉得他太可怜，就抱着他睡了。"

"到了治疗的时候，如同以往一样，女儿从背后抱着他。他尽管淌着油汗，依然令人敬佩地一动不动忍着挨刀子。不知是否哪里切错了，血流不止，眼看着白痴脸色都变了，性命垂危。"

"医生也脸色煞白，乱了方寸。也许有神明保佑，总算是保住了性命。花了三天，血也止住了。可是他终于还是瘫了，自然也就成了残疾。"

"这令他难以释怀，他满脸可怜地盯着自己的脚。那样子，就像蟋蟀把被拧掉的腿衔在嘴里哭泣一样，让人不忍心看。"

"最后他还是哭了出来。医生害怕被外人听到，焦急万分，恶狠狠地瞪着他。女儿觉他可怜，把他抱在怀里。他把脸埋到女子胸前，紧紧抓住不放。就连多年以来医人无数的医生也束手无策，只能抱着膀子叹气。"

"不久，父亲就来接孩子了。看到那副光景，虽然感慨上天注定如此，断了念想，没有抱怨。但无奈小孩抓住女儿的手不愿放开，医生就趁机为给自己开脱，也为安慰白痴的父亲兄长，于是派了女儿送小孩回家。"

"来到的就是那栋孤零零的房子。"

"那时还是一个村子，还有近二十户住家。女儿到达后住了两天，终于被牵绊住，又逗留了几日。到了第五天的时候，天降大雨，像是把瀑布倾覆下来似的，一刻都不停歇。待在家里，也得人人戴斗笠穿蓑衣避雨。别说去修缮茅屋顶了，就连外面的大门都无法打开。大家待在屋里，冲着隔壁喂喂地互相喊叫，才能勉强知道这世上的人还没死绝。缩在雨中度过的八天如同八年一样，到了第九天深夜刮起了大风。风势到达顶峰时，周围瞬间化成一片泥海。"

"不可思议的是，在这场洪水中生还的只有女儿和小孩，以及当时从村子里一起过来的这位老爷子。"

"因为那场洪水，医生一家也全部丧生。当地人传言说，如此一位美女出生在偏僻的乡下，大概也是更朝换代的前兆吧。"

"'就像师父您所见的，小姐无家可归，在人世间孤零零一人与孩子一起留在了山里。同时，她陪着白痴，无微不至地照顾着他。从洪水那天起，至今已有十三年，未曾有一天改变。'"

"老爷子说罢，又露出瘆人的窃笑。"

"'听了他们身世的故事，您大概会动情，觉得小姐可怜，想要去帮她砍柴汲水吧。您本来就是好色，还要假借敷衍的慈悲心啊怜悯之情的名义，想赶快回到山里去。您还是算了吧。小姐自从嫁给白痴当老婆，避世隐居，但却随心所欲地挑拣男人，玩腻了就吹口气，把对方变成野兽。特别是那场洪水一来，穿透山间的这股溪流，就成了上天馈赠引诱男人的怪水，还没有一个能保住性命的。"

"俗话说，天狗道也有三热的苦恼。^① 小姐若是被此折磨得披头散发，面无血色，胸脯和手脚都消瘦下去时，只要沐浴在山涧里就立刻能恢复到原来模样，鲜嫩得仿佛要滴下水来。她只消一招手，鱼儿就会游过来；瞪下眼睛，美味的树果也会落下；撩起袖子就能降雨，舒展开眉头便能吹风。"

"而且她生来好色，尤其喜欢年轻力壮的。她大概跟您说了什么吧？您若是信以为真，不久就会遭厌弃，您很快就会长出

---

①天狗道指处在六界轮回之外的魔道。天狗是一种虚构的怪兽，传说栖息于深山且神通广大。然而即便如此，龙、蛇也依然要承受三种痛苦：一是被热风、热沙所炙烤；二是被恶风吹；三是被金翅鸟所食。

尾巴，耳朵会动，脚也变长，立即变了形状的。"

"真想立刻让您看看，把这条鲤鱼料理好，她盘着腿用它下酒时那如魔如神的样子。"

"不要心生妄念，还是早早离开这里吧。您能幸免都是小姐格外开恩，很不可思议了。您也是有神明庇佑，年轻人，严格地修行吧！'说着，又拍了一下我的后背。随后，老爷子提着鲤鱼，头也不回地朝山路上方走去。"

"我目送着他，直到他身影变小，隐到一座大山身后。此时，热得要烤出油的天空中，从那座山顶迅速堆积了一片乌云，回荡起阴沉沉的雷鸣，连瀑布的声音都安静下去了。"

"吓得灵魂出窍的我此时回过神来，我冲着那边拜了拜，夹起拐杖，压了压斗笠，转过身就慌忙一溜烟儿跑了下去。到达村子的时候，山上降起了骤雨，雨势很大。我想，老爷子带给妇人的鲤鱼也由此可以鲜活地到达那栋孤零零的房子吧。"

高野圣僧关于这件事，并没有特别对我说教。第二天清晨，离别之际，我依依不舍地目送着他，翻越积雪的高山。在簌簌飘落的雪花中，渐渐登上高坡，越攀越高的圣僧的身姿，宛若驾云而去。

汤岛之恋

红茶会

"喝杯红茶吧。宿舍里嘛,什么都没有,糖就各自随意加。给你,神月。"

柳泽时一郎把三人的红茶沏到各自的玻璃杯里,一边招呼着,一边把他那穿着笔挺制服的高大身躯,漫不经心地坐到了大藤椅上。

他把戴着漂亮袖扣的一只胳膊悠然地搭在椅子边上,说道:

"篠塚,把那罐砂糖给客人拿来。"

"好嘞!"

这么干脆应允着的是剃着和尚头,身穿西装,性格温和的哲学家篠塚某。他和柳泽围着一张桌子,坐在对面的藤椅上。他扭过身去,伸手从身后放着杂书的木箱上拿下一罐方糖,把它放到了坐在两人中间的俊美少年面前。

少年姓神月,名梓,是跟他们同窗的文学士。个个都是响当当的人物。他温和地点头致意道："那我就不客气啦。"

梓把柳泽沏了红茶的淡红色小玻璃杯挪到跟前。跟哲学家并肩坐着的是一个留着稀疏胡子的人。他穿着手织棉和服，套着小仓裙裤，把拖着长长带子的茧绸和服外褂里朝外地搭在椅背上，正单手插兜，安静地看书。

"在看什么书呢？"梓稍微起身瞅了一眼，问道。

"我吗？"他急忙应声抬起头来，却不知道该冲谁回答，一时有点茫然。

柳泽见状，爽快地接过话茬，替他答道："若狭读的是历史。人家可是国史专业的老师，专心研究，一刻都不曾松懈。"

"真用功，"神月点头附和着，这边光头却笑眯眯地侧着瞥了一眼那人的书。

柳泽扑哧一声笑道："干吗回应得这么认真。历史也是很不简单的。虽说是无名氏写的《岩见武勇传》，不也挺好嘛。"

"研究得确实相当认真。"哲学家说罢，仰脖喝了口红茶。大概是听到了这话，若狭默不作声地边看书边莞尔一笑。

"说不定也能当作什么资料吧。"

梓说完，拿起了玻璃杯。

柳泽斜倚着桌子，用刀柄戳戳红茶里的方糖："这倒是。在那里找素材，就好比篠塚在小政的净琉璃① 中发现哲理一样。"

---

① 一种用三味线伴奏的说唱曲艺。

"胡扯！"

梓从旁插嘴道："不过，你不也说过'烤鸡肉串店里的姑娘讲话都带着诗意'呢。"

三个人彼此心照不宣，哄堂大笑。

"好热闹哇，柳泽。"窗外花园中传来一个声音。

柳泽离窗户最近，他猛然侧过身，隔窗向下张望。

"是龙田哪。"

"谁在屋里？"

"根岸的新华族①。进来吧。"说罢，正襟而坐。

话音未落，嗖的一声，一双手就攀上了窗户沿。以前大概是练过器械体操，身轻如燕。他肩膀一举，冲着屋内露出了那张潇洒的面容。此人就是龙田，名若吉。

他望着梓，含笑说道：

"放过他吧，神月已经不是子爵了。"他边说着，边交抱着双臂，身体却仍扒在外墙上。

柳泽挪了挪椅子："好了，快进来。你来得正好。我们刚开始讨论神月的问题，说的就是那件事。现在是休息时间。神月理屈词穷，正盼着你来呢，说'要是龙田在就好啦'。"

没等听完，一脸活力的龙田就越过窗棂，纵身跳进来，立

---

①指根据明治维新后颁布的华族令得以获赐爵位的人与家族，该令于 1947 年 5 月废止。

在二人中间，一只手支在桌子上，另一只手把耷拉下来的毛线围巾往后一甩：

"好，他们又拿那老把戏刁难你了吗？神月。"

接着，他又亲切地说："劳你久等。没事，别担心。你以为我为什么要上学研究法律？都是为了替好朋友神月辩护嘛。怎么样，够意思吧？"

"那就拜托你了。"梓戏谑般地低头致意。

龙田系紧萨摩碎白花①外褂前胸的带子：

"来，尽管出招吧。"

"又开始闹腾啦。"哲学家双手托腮，仰起柔和的面庞，边凝视若吉边摩挲着自己刚刮完胡子后的须印。

"我知道，你们八成又是拿神月从子爵家出走、离开那个夫人、闷在谷中的寺里还经常去情妇那儿的这些事来攻击神月，对不对？"

"当然。"柳泽干脆地说。他咔嚓一声把小刀扔进一堆杂物，又叉开双腿，说道："不幸的是，从结婚第一天起，也就是举行婚礼那天，神月就跟他夫人伤了感情。"

"没错。"龙田声调明快地插嘴道。

"你也知道哇。我也听说了。事情可以理解，但仔细想来，

---

①原文是"萨摩飞白"，也经常写作"萨摩绛绊"，指蓝底碎白花纹的平织棉布，以不易掉色著称。原本是在琉球织就，再经由萨摩卖往各地。萨摩，日本旧国名之一，在今鹿儿岛县西部。

大概是神月的不是。"

"什么？怎么能怪他呢！两个人正要出发去蜜月旅行，刚从上野坐上火车，还没听见抵达赤羽站的报站声，就看见山脚下的森林里亮光一闪。神月就无心说了句：'哎呀，鬼火在飞。'——离谷中又近，这是一种情愫嘛。结果那婆娘……"

"龙田，收敛些。当着人家老爷的面呢。"哲学家打趣道。

龙田回过头说："得罪了。"

"没关系。"说话的正是那位"老爷"，梓。

龙田起劲地说："你们听听，她是不是狂妄自大——竟说：'不对，那是流星滑过，是陨石。'若只是那么说，倒也可以原谅。"

"那位玉司子爵夫人龙子，换言之，就是神月的婆娘，丝毫不招人喜爱。高挺的鼻梁，苛刻的眼神，活像《源氏物语》里的生灵①。听神月说那是鬼火时，她那傲慢、漠然的脸上浮着冷冷的笑容。这是看不起我们的文学士呀！神月怎么能不生气呢？"

"好吧，做丈夫的也许是恼了火。但气归气，也该设身处地替夫人想想。不仅限于那一次，每次见到神月的秉性和行为，夫人都会失望。这份心情，你也得体谅。当然，夫人过于看重世俗的名声，性格也固然极端。但你想想，也正因为此，她才会在同辈中出类拔萃，被上流社会的贵夫人当作师长与大姐一

---

①指因爱生妒，后化成生灵的六条妃子。

样敬重，享受着这般的声誉。她可是七岁就奔赴法国，在那边学校接受教育的呀。"

"等等，等等，稍等一下，"龙田用手撑着桌子，打断了他，"你且慢。要说对方从七岁就在法国长大，那眼前这位还六岁就生活在仲之町①了呢。只不过，暂时屈居数寄屋町②罢了。"

"龙田。"梓面带羞容地制止道。

"别拦着，你让我说完，反正大家也心知肚明。这二十七年来，她一言一行都谨之慎之，严于律己，令她旭日东升一般博得了名誉。她把这名誉，连同自己在法国习得以及回日本后获得的全部学识，子爵家的财产、宅邸、庭园和十几个奴隶，悉数献给了神月，做了他的妻子。可那又如何？倘若这就叫恩情，那么咱们这位也有配得上那一切的价值呀。"

哲学家插嘴说道："瞧，龙田又要把'笛子跟鼓'③那套给搬出来啦。哈哈哈……"

"真是失礼！"龙田瞪了哲学家一眼，"是的呀，搬出来有错吗？人家在巴黎吃着面包、读着经典著作时，这边这位可是在飘雪的大清早哆哆嗦嗦地被人推出门去，练习吹横笛呢。老鸨说着什么为了吹出去的气更足，连早饭都不给吃。谁能受得

①吉原花街的主干道。
②位于今东京台东区，与本文的另一个主要舞台汤岛天神下同朋町，在江户时代同属下谷区域，也是有名的花街。"数寄屋"一语是茶室、茶屋的意思。
③这里代指蝶吉，艺伎常常需要演奏笛子与太鼓为客人助兴。

了！每天早上都在天寒地冻中练习吹笛子，一时续不上气儿，晕倒在地，就往她身上泼凉水，给她弄醒，这才给丢两个小得跟针尖一样的饭团。其他人也一样。回屋后又练三味线，随后又去伴奏。紧接着，又要挨舞蹈师父一顿揍。旧伤未好，又添新伤。晚上呢，到酒宴上去跑腿。被年长的艺伎一把撞倒在地上，又被骂说四仰八叉不成体统，照脸上就是一顿耳光。同样生而为人，那位就能被蓄着胡子、坐着马车的家伙尊敬，这位只要是客人——甭说客人了，哪怕是不知哪里冒出来的讨厌家伙①，都得吹笛跳舞伺候。夹在中间的神月难道不该抛弃那位来救这位？你们觉得呢，尤其是这位连父母手足、叔叔婶婶都没有哇。她有的，不过是双手双脚，一张容颜，绫罗绸缎，弹弹三味线、喝喝冷酒、跳跳舞。该怎么对待这个孤苦无依的人呢？这就要靠你的男子汉气魄抉择啦！"年轻人情绪颇为激动。

柳泽冷淡地说："非也。你说的'气魄'，消防员身上不也有吗？"

此时，就像奔腾的瀑布被人切成一截一截坠落下去似的，远处回荡着咔咔的声响。声响从校舍深处传出，冲过地板，向外传去。

文学士始终一副强颜欢笑的表情，神色有些沉郁，几乎是

---

① 日文原文为"馬の骨"，意为马骨头，是日语中用来谩骂来历不明的人时所用的俚语。

木然地听着柳泽和龙田的争论。他听到那声音，似乎颇受触动，忐忑不安地问道：

"是什么呀……刚才的声音？"

柳泽紧盯着梓那心神不宁、凝视远方的脸，说道："你都忘了吗？神月。"

"忘了什么？"

"刚才的声音。那是给室内供暖的蒸汽声啊！"

话音未落，笔直地悬挂在高高的红砖瓦宿舍二楼的铁导水管发出声响，从深沟里打着转儿地升腾起一团白白的水雾。玻璃窗上一片朦胧，傍晚越是寒气逼人，就越是感觉屋内温暖。

柳泽单手握拳，久久地对着神月放在桌上，说道："所以说，你已经忘记住宿舍时的情形了。曾经多少次，你交不起学费，差点就要退学时，不都是夫人无微不至地给你寄钱来，还附上一封法文信的吗？神月，你年轻有为，这点大家都认同。可是，能在关键时刻拿出钱财资助你完成学业的，普天之下，除了你夫人，还有其他人吗？那么，就不得不说她是你的恩人，也是唯一的知己。且不说为了夫人的声誉和幸福，为了子爵，单凭她是你知己这一点，你的行为也多少有些不妥吧？"

梓听罢，默默低下了头。龙田却整了整身姿，态度凛然地说道：

"柳泽，我不在时，你们就是说这事儿来欺负梓的吗？适可而止吧。等一下，唉，且听我说。要照你那说法，那婆娘是用法文信跟几笔学费买下了神月咯？谁稀罕啊。就是寄，能寄几个钱来？不就一两千元吗。连本带利给她还上，也不是什么难事儿。再说，我们家梓也不是用这点钱就能买来做女婿的人。不管怎样，之所以答应入赘玉司家，正如你所言，他是感念那份知遇之恩。可是，她一开始就为了鬼火跟流星的事伤害神月的感情，这又是何故？总之，她就是女校教科书变化而成的贵妇人。一跟她说情话，她就喊头疼。从生理上讲也是不可能的呀。她那副样子，怎能忍受得了！跟她说鲤鱼脊背的肉好吃，比目鱼的脊鳍部位最美味，她却说：'什么？那个部位最有营养吗？'动辄都是卫生知识，叫人忍无可忍。一会儿讲教育，一会儿谈睡眠时间，还有什么'再过一分钟，午炮① 要响啦'，该吃午饭啦，吃饭吧。就连丈夫得了流行性感冒，先要问医生的竟是会不会传染。这样的女人，就算她是贵妇人，有学识，姿色出众，又年长，那也不能娶来当老婆呀！"

"你们想想看，什么名声、品行、上流社会妇女的典范，好听的名号再多，也不过是个爱慕虚荣的人罢了。你们瞧瞧，刚跟神月结婚那会儿，清楚他俩交往始末的报纸刊登了报道，大意是她老早就爱慕上神月。据说那婆娘大发雷霆，说那是践踏

---

① 每日正午十二时鸣响的通知时刻的炮声。于1871年由兵部省提案执行，1922年9月15日因陆军省预算缩减而废止。

她的名声，没脸出门见人了，搞得像神月指使报社那样写似的，拿神月撒气。把爱慕丈夫当成奇耻大辱，这世上还有第二个这般虚荣的人吗？简直是岂有此理！"龙田厉声说着，白皙的脸庞涨得通红。

哲学家听得入迷，兴高采烈地帮腔：

"加油！加油！"

"不仅如此，数寄屋町这位跟神月，可以说是天作之合。……首先，此事也是之后他跟夫人之间起冲突的根本原因。神月生来——或说是受家庭影响的——嗯，是个受家庭影响的信徒。住宿舍时，他就有参拜汤岛天神的习惯，进子爵家之后也每月不落地去。去年夏天，他一大清早就去汤岛参拜。因为想摇鳄口铃①许愿，刚要在净手处准备洗手。当班的小孩向他要水钱，神月往怀中一掏，才发现忘带钱包了。他说回头给送来，但对方是个孩子，怎么也说不通。咱这位老爷性格腼腆，羞红了脸，正手足无措之时，恰好来了一个人替他垫上了水钱。由此而与他结缘的，正是现在的这位美人，阿蝶呀。"

"知道了。"柳泽无奈地苦笑道。

神月尴尬地说："好了别说了，都是我的不是。喏，柳泽，龙田。"

---

①悬挂于神社香油钱箱正上方，铃铛旁垂下一条红白色或五色的粗麻绳，参拜者摇响铃铛来驱邪许愿。

"不，你有什么错啊。我完全赞同。女人为男人付出，拿着自己的名誉、财产、艺术造诣当投入，拨着算盘珠精打细算，计算盈亏，再没有比这更狂妄的啦！更何况，她还要男人感恩戴德。只能说，她是无礼至极。然而，说到阿蝶，至今为止，她的所作所为概括起来就一句话。听好了，那就是吃苦耐劳。她吃的苦，天下无人不知，可她只是坚持忍耐，并不曾要求神月补偿什么。她别无所求，唯一的愿望就是神月不要轻易抛弃她。对这，你做何感想？加之她又全心全意为神月一人梳妆打扮，男人理应为此把名分和自己都交给她。什么名声啦、财产啦、道义啦，这些无聊玩意儿，连一文都不值。"

"不过，龙田，自亚当夏娃诞生以来，世界上不仅仅只有这一对男女。比方说，神月和他那位美人……"

"当然，还有我。"

"也有我。"

"我也在呢。"哲学家向前屈身，把脸凑过去。

"加上你也不要紧。若都是诸位这样的人，有多少我都不担心。"

梓说着，愁容满面地低下头。

"所以呀，神月，你是不是该克制感情，跟那位美人分手？"柳泽小心翼翼地劝说道。

"什么话！干脆离开子爵家寄宿在寺庙里，不是挺好吗？在我看来，你放弃了爵位和那个傲慢婆娘，用来偿还所有罪过都绰绰有余了。管他什么欠款之类的，都见鬼去吧。要是惹火了，干脆来个统统不认账。要是日本的世俗人情容不下你们，那就去海外旅行吧。再不行，干脆上天堂去，天空中会多出两颗美丽的星星。天文学家不解其中缘由，知情者会看得清清楚楚。或紫或绿的璀璨星辰，在群星之中独放异彩！"说罢，龙田仰起那张年轻俊美的脸庞，抱着双臂，茶色毛线围巾的一端也松散下来。

"江户儿①，你还是这么乐天派。当事人神月可比你懂道理，所以，我才担心啊。"柳泽不慌不忙地说完，细心地解开吊在桌子上方从两边系住电灯罩的绳扣，单手拨开堆积如山的书籍，拎起水壶，穿着鞋，霍地一下跃上桌子，高挑的身躯如铜像般伫立。天花板固然还要比他高出很多。不过，屋内空间狭小，五人围桌而坐，四壁摆满书架，门口立着鞋柜，摆着脱下来的鞋子，挂着衣服、外套。要想走出去，就得避开这些才行。所以，学士才随机应变，抄了从桌子上跨过去这条捷径。因为太过突然，其他三人不解其意，吃惊地围在他四周，齐刷刷地仰头看他，弄得专攻国史的学士也只得暂别了"岩见重太郎"。

柳泽直挺挺地站着："喂，让一下行不行。"

"你要干什么？"哲学家一脸惊愕，像研究问题时那样紧紧蹙起眉头。

---

①江户为东京的旧称，"江户儿"指生活在那里的人，多指为人豪爽、不拘小节等性格的人。

柳泽若无其事地说："出去打开水，再沏壶红茶。"

"给我吧，我去。"哲学家霍地站起身。

"好吧。"说着，柳泽一跃而下，身段轻盈地站定，只听得吧嗒一声鞋响。

电灯泡横在桌面上，仿佛灌入朱砂般唰地变红，嗖地熄灭，紧接着，变得又白又亮，释放出苍白的光。

"恰如仰望星辰，"龙田若吉一弯腰，把脑袋伸到桌子下面，仰起脸，睁大清亮的眼睛，"就像这样。"

梓似乎不愿让灯光照到自己面带愧色的脸庞，他离开座位，匆忙后退。柳泽尽情伸开长腿躺下，跷起二郎腿，向后仰面卧下，伸开双臂托着后脖颈，目不转睛地盯着电灯。

此时，专攻国史的学士安静地拿起灯绳，认认真真地系好，把灯吊了回去。紧接着，他单手插进裤裙兜，另一只手按住红色封皮，就那样坐下来，又开始读那本《岩见重太郎武勇传》。

三两二分①

"停了，停了，还不错。"

---

① "两"与"分"为日本江户时代的货币单位，明治维新之后改用新币制。1两=4分=16朱=4000文。

一副町屋①打扮的年轻人停下来望了望天，看到雨停了就把折叠整齐放在袖兜里的和服外褂拎出来，轻轻地捋了捋衣领，穿在了身上。这位男子异常珍视，害怕被雨淋到的不仅是这件外褂，怀里还揣着另一件东西。那既不是大钱夹，也不是抱出去喂奶的婴孩儿，而是双整木旋制的低齿木屐，但他并不是受尾上②的差遣而来。这双木屐是过年时某位艺伎买给他的礼物。他像对待护身符一般将其视若瑰宝，半道儿遇上了下雨，怕给弄脏，就揣到了怀里。他本人则赤着一双雪白的脚。

这么做的，除了下町松寿司的少东家源次郎，再无旁人了。

世人都说，消防员的短袖衫有股帅气劲儿，老爷印着带家徽的礼服则高雅气派。阿源则是两个都占了。出去争女人、抢芳心的时候，穿短袖衫，缠个头带；冒充俳句先生的时候，就穿着印家徽的礼服。寻花问柳，吟诗比赛，样样都行。所以把木屐揣到怀里这档子事儿，也就不足为奇了。

且说这阿源，虽然在昏暗的街上穿上了外套，但因为脚脏就没穿木屐，而是把它紧紧地抱在怀里。

"还不错，他妈的。"他自言自语地嘟囔了一句，像是一语

①即下町区域，一般指东京台东区、千代区、中央区至隅田川以东的低洼区域，多是小商贩、工匠的聚集区。
②净琉璃《加贺见山旧锦绘》（通常也称《镜山》）中的人物。源赖朝家的内宅副女侍长尾上，被岩藤嫉恨，她诬陷尾上用自己的一只木屐偷换了名贵的兰奢待香木，要将罪名嫁祸给自己。并当场拿出装在木箱里的木屐，毒打尾上。不堪其辱的尾上自刎而死。之后，那只木屐也成了尾上的侍女阿初找岩藤寻仇的主要工具。此处借该典故，映衬年轻人对怀中木屐的珍视。

双关，又步履匆匆地走了起来。

他脸庞深陷，像一张面具。眉毛稀疏，鼻梁低矮，隔着一副高度近视的眼镜，总觉得他在打量这个世界。当这张远近闻名的脸，拐过十字路口，照射在第三家——烤白薯店的灯光下时，从他背后传来一个苍老粗哑的声音：

"这不是阿源嘛。喂，源哥儿。"

"谁啊？"源次郎若有所思地转过身。

"是我。"

"呀。"

"等一下。"

那人快步走上前来。是个光头老爷子，三尺带系得低低地耷拉在屁股上，还挂着两提烟袋。

"头儿。"

"嗯。"

老爷子沉稳地点了个头。这位是住在下谷西黑门町，被人立为头头的辰某。他真名叫什么，谁都不得而知，也不知他靠什么谋生。他只是成天游手好闲，有时教一些成群结队，不知去哪儿游荡的血气方刚的年轻人，唱搬木材的号子。

头儿目不转睛地盯着阿源那鼓鼓囊囊的胸口，问道：

"什么呀，那是？"

"这个……"

"这不是双木屐嘛。不是木屐嘛。开什么玩笑啊！也不知你这是着了什么慌，有把这玩意儿揣怀里的工夫，也能来得及趁其不备，踹对方小腿一脚，撒丫子就溜吧。你碰见啥了？是狗，还是人？"

"不是打架。"

"是街头试刀①吗？"

"别拿我开玩笑了。"

头儿故意哈哈大笑，问道：

"那，到底是怎么啦？"说着，若有所思地，蹙起了浓密的眉。

源次一副满不在乎的样子说道：

"没什么特别的。总之，绝对不是打架就是了。"

"哼！"头儿心里有数，像煞有介事地回了一声。看到他这么小题大做，源次突然感觉难为情起来。

"是这么回事儿，因为下雨了嘛，要是溅上泥，可就……"源次说着，又冲着怀里打量了一番，"嘿嘿嘿，就是这么一个无聊的玩意儿。"

"那双木屐，"此时，头儿一副心领神会的表情，"是那双吧，远近闻名的那双。总是走两岔去，我至今还无缘拜赏呢。源哥

_____

①古代武士为了检验刀剑是否锋利以及武术高低，夜晚常在街头试刀杀人。

儿的木屐可是名气大着哩，嗯，名气很大呢。"

"乱讲，不是什么大不了的东西。"

"胡扯，现在的艺伎都不信草席占卜[①]那套，而是先学会用眼识人了。你竟然能让她为你掏腰包，相当了不起呢。让我瞧瞧，来，让我开开眼界嘛。"

源次不由得用手按在上面："头儿，是这个吗？"

"就是艺伎给你买的那双。"

"唉，不是什么值钱的东西。"源次心中暗喜，却又有点害羞。

"行嘛，给我瞅瞅，快给我瞅瞅。先给你奉上一盏最亮的明灯，等一等啊。"头儿说到这儿，转过身，大摇大摆地进了左边的烤白薯店。这家店有些年头了，跟前的方形座灯上用假名写着：川越白薯口味香甜，欢迎选购。下面缀着：正宗丸烤[②]俵藤助。

"老爷子。"头儿大大咧咧地招呼道。

叽里咕噜读东西的声音戛然而止。点着一盏破座灯的泥地房间里，一扇旧纸拉门被人拉开："谁啊？"

说这话的是藤兵卫。他趴在地上，胸部底下压着一本京传[③]

---

①流行在妇女和花街艺伎之间的一种占卜。占卜者把花簪丢在草席上，根据花簪的方向，以及花簪落下的位置到草席边缘之间花纹的数量来判断吉凶。
②原文是"〇烧"，意思是整块烤。
③即山东京传（1761-1816），原名岩濑醒，日本江户后期著名的作家、浮世绘画师。

的读本①。他慢悠悠地摘下黄铜框眼镜，放在读了一半的书上，手托着腮，探出一张皱纹遍布的脸。

"是我，不是啥稀客。"

"哦，是头儿啊。"

"没啥事，大爷，能不能借你家店面一用？想要借个灯。"

"什么灯啊？是指那盏熏黑的煤油吊灯吗？"

"嗯，正是呀。"

"那还用得着这么客气。是不是要读啥不能见人的文章啊？"

"不是，是当票。你就别管了。天冷，关上门吧。"头儿说完，冲着外面喊："源哥儿，到这儿来。喂，你像抱个石头地藏菩萨似的，杵在那儿干吗呢？冻傻了吗？"

"头儿，来烤烤火吧。"从灶后面，传来一个沙哑的声音。

"哟，是刺青干瘪的老太婆呀。近来情况咋样？啊不对，是妇科②咋样啊？哈哈哈……"

"别开玩笑了，刚巧添了把柴，来暖和一下。"

"挺阔气的嘛。"

头儿转过身去，那光秃秃的脑袋在灶台后面，铮铮发亮，又对着外面唤道：

---

①受中国白话小说影响而产生的一种文学读物。其内容多取材于历史事件，以惩恶扬善为主题，具有较高的文学价值。上田秋成、曲亭马琴、山东京传都是以创作读本而著称的作家。
②原文是"寸白"，指妇人的腰疼和妇科疾病，与表示"情况、状况"之意的"寸法"字形相近。头儿用此特意调戏老太婆。

"喂，到这边来呀。松寿司家的小哥。进来。"

阿源被强逼着只好过去，说了声：

"打扰。"

"请，请。"

老太婆虽已七十来岁，还是十分周到。

"听着，阿婆，你是个穿厚草鞋子在走廊里吧嗒吧嗒走的主儿。怎么样？没想到还有为情郎破费的吧？阔气吧。瞧，怎么样，这东西是不是相当不错？"

头儿一把夺过源次的"私生子"——那是双贴着藤面里子、系着素花缎子木屐带的桐木直条纹木屐——把一只鞋底朝上，递了过去。

他把木屐翻过来，攥着木屐带，捏了捏："喏，怎么样？"

"怎么啦？"阿婆蹲在那儿，双手扶膝，呆呆地盯着木屐，问道。

头儿用夸张的语调说：

"什么怎么啦？这可是远近闻名，穿上这个逛遍了五丁町[①]。你也知道吧，大坂家的那个包身艺伎，在去年的仁和加[②]上，扮演武士、制服猩猩的那位。"

---

①指新吉原花街的江户町一、二丁目，京町一、二丁目和角町的五大花街。
②从江户时代到明治时期流行的在酒宴或者路边表演的即兴戏剧。其内容多模仿歌舞伎的曲目或一些滑稽故事，多由花街艺伎表演。

"是蝶吉吗？"

"嗯，这会儿在数寄屋町。那个疯丫头，就爱出风头，天不怕地不怕的。仁和加那次，耍了次木刀，因为没吃着苦头，就说要正经学剑。还是请您老人家拿藤条教训教训她。"

"您瞅瞅，她戴着个护脸、护手，提着竹刀，练习服上套个什么小仓布裤裙，趿拉着双朴木的高齿木屐，天天到这边来。学完了又摆在十字招式，从仲之町咯噔咯噔走回去。就跟眼前这位风流小伙趿拉着那双木屐到处招摇，一副德行。"

"说起来，那个小娟妇，最近还骑竹马，要么就是让学校里的学生拉着她去田圃里荡秋千。怎么样？头一个就跟这个小伙子坠入了情网，说着：'这是送你的过年礼物，要保密哦。'送了这个。吃不吃惊，就是这双木屐。"

头儿说着，又把木屐翻了过来。他叉开两腿坐在灶前，单手抽出银杆烟管叼在嘴里，一只手晃晃悠悠地从腰间的袋子里捻着烟丝。

老婆子仅仅"咦"了一声，正因为她老早就知道蝶吉。当她打量着这位，说是跟蝶吉"坠入情网"的男子——也就是源次郎的那张脸：戴着眼镜，塌鼻梁。再看看那双木屐时，露出一副迷惑不解的神情：连双木屐都不值得送啊。

头儿悠然自得地吐着烟：

"不管怎么说，很了不起吧。真吓人。说是多少钱来着？怎样？嗯，阔气呀。"

他说得太故弄玄虚，原本没打算搭理他的老婆子也凑到近前，眨巴着眼镜，问了句老糊涂的话：

"头儿，这是如今的流行吗？"

听了这话，头儿训斥般地说道：

"你那张嘴可是吃过七家仓库，怎么说这种话？源哥儿，你可要趁着年轻，千万别等上了岁数。这个老婆子，别看现在这样，也曾是吉原花街的人。艺名葛叶，之前可是一直很卖座的。"

"别说啦，怪难为情的。"老婆子温和地笑了笑，移开了视线，态度近乎超然。

"按老价钱，差不多要两朱吧。源哥儿，多少钱来着？二两二分？"

"头儿，是三元。"源次扬起塌鼻梁，装模作样地回道。

"哦哦，是三两二分啊。就听说有个二分的零头。这样啊，原来是三两二分。真是阔气。比一个稍好点的棋盘还贵。要是两间格子门房，相当于一个月的房租呢。吓人。真阔气。"

头儿一边仔细端详，不知是不是一时疏忽，竟用木屐面敲了敲烟灰。

源次慌忙唤道：

"头儿！"

"哎呀，对不住。"

"不过也真是慷慨。说起来那个蝶吉，有一次客人带着她到中植半去。为了显摆阔气，那个客人把分量不轻的钱袋子交给她拿着。她极不情愿，说：'这累赘东西干脆扔掉。'客人想着，她肯定不敢，就说：'好哇，丢大川里冲走吧。'这下可遭了殃，到仲店去买东西，一问：'我那钱袋子呢？'没想到她竟来了句：'从桥上扔下去了。'客人只问了句'真的吗？'，顿时就脸色煞白了。也难怪，那袋子里将近有两百元呢。"

"所以嘛，掏那点腰包也是完全可以的。"

老太婆看到头儿做出一副"不过是这么一双木屐嘛，有什么值得炫耀"的样子，马上就猜到了其中定有隐情。老太婆虽然上了年纪，但是双眼却看得真切。

源次心神不宁，有些不安起来，他故意装作害羞的样子说：

"头儿，可以啦。"

他犹犹豫豫地伸出手，想把木屐拿回来。头儿把木屐换到另一只手，闪开他：

"别不好意思。都到了这个年纪。我也不是在表演落语①，不过要是有人问你：为啥回来这么晚？你就告诉他，相好的留你不让走。得有这样的气魄才行。"

"别说这有的没的。"

---

① 日本传统曲艺形式，在表演形式和内容上都与中国传统的单口相声相似。

"若不是这样，你为啥把这拿到长火盆上，给别人炫耀。听说，前一阵子，你脱下这玩意儿，拿去塞到阿传家账房的格子里给人家瞧。"

外面的风向鸦滴溜溜地转了一下，一阵北风微微吹来。

"嗯。"

"那个时候没被狠狠地揍一顿，算你走运！"

头儿强硬地变了态度，恶狠狠地说道。

源次提心吊胆地问道：

"你说什么啊？"

"老阿婆，再添点柴怎么样？"

说着，头儿把烟杆子插了回去，摆出一副要大干一场的姿态。他一脸毫不知情的表情，若无其事地把木屐摆好，紧紧抓住。

看情势不妙，源次想脚底抹油。他猫着身子，抓挠般的手势，刚一伸手，又缩了回来。想要拿回木屐，却失了手，连神情都变了。

"头儿，那个，我还着急走呢。"

"光着脚跑去呗。光脚去。这样好，路可糟得很呢。"

源次又被挖苦了一番，于是搓着手，说道：

"我要穿着去。喏，要穿的呢。头儿，对不住了，那个……"

"怎么能不穿呢！木屐当然是用来穿的，难不成还拿来戴头上不成？当然，也有人把它揣怀里也说不准，是吧？源哥儿。"

“我真的，那个，之后有点急事儿。”

“着急去哪儿？去哪儿啊？”

“嗯，那个，那个什么，之后有场俳句会。”

“俳句会？啊，是吗。阿源，叫啥，叫啥来着？你那个戒名——哦不对，是俳名。等等，你与其取个俳名，不如来个戒名更合适。我先给这木屐来个火葬，给它超度吧。”

“哎呀！”

“浑蛋，光着脚给我滚！”

道祖神①

龙田穿过校园，要走出弥生町的校门时，抬头看了看天，说道：

“哎哟哟，天阴得厉害哪，看样子只能送你到这儿了，神月君。本想跟你一起散步的，天看着要下雨，我就告辞了呀。争论归争论，还得考虑实情。你好好想想，不要草率下决断。”

神月听着比自己年幼的友人语重心长的话语，唯有一个劲儿地点头。

---

①日本村庄的守护神。江户时代，青楼女子为了祈祷自己寄给客人的书信能安全到达，常常写在信封封口处。

"那么……"

"告辞了。"龙田说完，又从校门折身回去了。在昏暗中，低声吟唱着诗歌，渐渐听不到了。

梓心事重重地转过身，和对面来的人撞了个满怀。

"喂！"对方叫了一声，张开身子，后退了一步，凝着眼睛盯着神月，用嘲讽的语气说了句，"哟，这不是先生吗？"

这人是松寿司的源次郎。蝶吉送给他的那双连土都没几乎沾过的宝贝木屐，被丢进了烤白薯的火灶里，还遭了一顿臭骂，失了面子。又从头儿那里听到了蝶吉不待见自己的话，况且还是用训斥一般的口吻告诉他的，这比从当事人那里直接听来，还要痛苦万分。又听说了木屐的秘密，这让风流男儿忍无可忍。他的怒气在心中翻腾，可当自己被抓住衣领，面对那个眼珠都要瞪出来的豪杰头儿，他又说不得半分不满。正无地自容的时候，被灶中的烟一熏，像是醉了酒似的跑了出来。魂不守舍地撞了个人，定睛一看，正是文学士神月梓。"术业有专攻"，哪一道的人懂哪一道的事儿。他死缠烂打追着蝶吉，也把蝶吉迷恋神月的事打听得一清二楚。连情敌的长相都了然于心。爱情无上下之分，仇恨也没有尊卑之别。他怒火中烧："哼，好你个色鬼。你害她怀孕，又逼她打胎，这还不够吗？要是让官府知道了，你就试试看。就等着两人都去啃牢饭吧。你该知道，我不去告发你，就是大发慈悲了。所以我要是撞上了你，你就得先道歉再过去。别把人看扁了！要是捅出去，你这个学者也就到头了。你这个色鬼就玩完了。"

他像个影子似的紧挨着学士走了七八步："活该，色鬼！我倒要看看你这脸是蓝的还是红的。喂，火鸡文学士。"他谩骂完，转身擦肩跑开了。

学士好似举步维艰似的，突然停下了脚步。不过，还是觉得不过是小人口出狂言，并不值得理会，头也没回。

"下雨了吗？"

他抬头看着天，乌云低垂，雨滴冰冷地打在脸上，吧嗒吧嗒的两滴、三滴。

"啊。"他嘟囔着，像是要躲着那雨滴似的，东一下西一下地躲着走。

起初只是轻轻地打在房檐沟上的声音，不久就变成落在屋瓦上噼里啪啦的声音了。

"真讨厌。"

眼见着雨越下越大，哗的一声，又停住了。接着又哗的一声，又停住了。这样反复了几次之后，哗啦啦地朝着树叶上倾注而下，安静的天空，全是漫天的雨声。

神月的踪影渐渐消失了。

纪之国屋[①]

　　磨砂玻璃的瓦斯灯上印着"御待合歌枕[②]"字样，灯下是一个女子影影绰绰的上半身。灯光打在她的背上，更显得身上的防雨斗篷颜色鲜亮。她快步走到格子房外，赶紧到柳树下，缩着肩，双手撑开崭新的深蓝蛇眼花纹伞。她的脸被遮在伞下面看不清楚。只见她中等个头，身量纤纤，站在那里亭亭玉立。纤细的腰间，紧紧地系着桃色的绉绸整幅腰带。穿着白袜子，小小的高齿木屐上套着宽宽的黑皮防水套。她在花岗石上走了两三步，发出吧嗒吧嗒的细碎声响。刚把头移出房檐下，就伸了个懒腰，仰头望着天。

　　这里停着一台人力车，车夫坐在脚踏板上等着拉客。一看到有顾客上门，就站起身，赶忙拉开漂亮的车帘。把系在车把上的灯笼招牌，搁在地上，闪着崭新的光，透过蜡纸，映出每一根灯架也都干干净净。

　　"哎哟，不下了呀。"她轻轻地收拢蛇眼伞，单手提着。瞬间露出一张鼻梁高挺，端庄清瘦，面容姣好的侧脸。她身轻如

---

①歌舞伎演员的家号。因初代泽村宗十郎是纪伊国出身而得名，也写作"纪伊国屋"。
②待合，日文中指"等待，等候"，也特指男女幽会。歌枕，指和歌中经常被咏唱的名所。

燕，提着紧裹的裙摆，想要跨过车把。

"请到这边来。"车夫说着，稍稍弯下腰，麻利地接过蛇眼伞。刚要上车时，从柳树背面的黑墙前面，传来咔嗒咔嗒的敲梆子的声音。有两个蒙着脸和头的人。

"嘿，就来一两段各位爱听的，尾上菊五郎①和泽村源之助②。"

她听到这声音，就在人力车的黑影里停住了。

这时，木板墙上方，二楼明亮的推拉门上映出一个人影。那人推开门，来到走廊上，隔着廊前的树梢唤了一声："走着。"

一个缠好的纸包腾空飞过墙上的防盗钉，落到二人跟前。

"好，来一段《鼠小纹春着新形》。神田的与吉实就是鼠小僧次郎③，他的情人是倾城松山。"稍停顿了一下，又说道，

"镰仓山上的大小名④，以和田、北条为首，还有佐佐木、梶原、千叶、三浦，当时的一膴⑤别当⑥工藤家，去了两三次。运气好的时候，能捞个一两千元，少的时候也能有个一二百元，从来没有空手回的。但偷来的钱都送到穷得出名的曾我一带，我虽做了坏事，但是讲义气。算是个庸俗土气的强盗。不知道

---

①指活跃于明治时期的第五代歌舞伎艺人尾上菊五郎（1844-1903），本名寺岛清。
②指第四代歌舞伎艺人泽村源之助（1859-1936），家号纪伊国屋。
③日本江户晚期德川家齐时代有名的侠盗，本名次郎吉，因动作敏捷而被称为"鼠小僧"。
④指大名与小名。江户时代的大名指直接供职于将军，俸禄在一万石以上的领主。小名指俸禄不及大名的其他领主。
⑤膴，日本宫廷内用来计算官阶的用语，以一膴为最高。
⑥别当，指特殊衙门的长官。

也就罢了，知道了我的身世，你该讨厌我了吧？"

"为什么要讨厌你？人啊各有所爱，我打小就讨厌被唤作大小姐。比起那抹油的高发髻，我更喜欢梳扁岛田。比起穿绣着贵府纹样的印字华服，我更喜欢条纹的粗布棉衣。比起被称作少奶奶、夫人，我更喜欢被唤作婆娘、内人。所以才抛弃双亲，被他们要求断绝关系，成了你的妻子。不管遇到什么事，我都不会嫌弃你的。"

菊五郎："那么，你知道我是贼，也不会嫌弃？"

源之助："能与你在一起，就像人家说的'不是一家人，不进一家门'。"

菊五郎："甘当夜盗贼的婆娘？"

源之助："权当嫁了个夜偷旅客财的贼。"

菊五郎："你既有此般度量，哪怕明日罪行暴露遭绳绑？"

源之助："哪怕你被官差押解去刑场。"

菊五郎："白驹过隙也结伴成双。"

源之助："齐死双戟下，来世仍不离。"

菊五郎："罪状纸幡里，名儿双双记。"

源之助："横尸荒野里。"

菊五郎："死后布告立。"

源之助："思来人世叹无常。"

此时，从昏暗的巷道后面，冷不防地传来年轻清亮的声音：

"纪之国屋！"

"哈哈哈哈！"那个女人不拘小节，天真无邪地笑一通，又漫无目的飘飘然地高声兴奋地喊了一声："纪之国屋！"她看起来像是喝醉了，摇摇晃晃地站到模仿名角儿的两名演员身后："真开心哪。"边说着，边毫不客气地拍了拍其中一人的肩膀。那人吃了一惊，呆呆地一言不发。女子又天真无邪地笑出声来："哈哈哈……"

"哎呀，是阿蝶小姐啊。"倚在二楼栏杆上的女佣，不由得劲头儿十足地喊道。

女子仰起头："晚上好。"

"神月先生来了，他来了哦。"说完，就消失在了推拉门后。

"谢谢您了。"

那两个模仿名角儿的吓蒙了，慌慌张张地搞错了对象，反倒对着身后的蝶吉道了谢。一个说了句"那么"，一个应了句"哦"，就转身而去。女人头也不回，歪斜着身子，踉踉跄跄地想要从柳树下钻过去。

门口一个人叫道："阿蝶。"

"哎。"

"当心啊。"

"是阿才吗？"

"玩得很开心啊。"说着，阿才轻盈地上了车，与此同时，车夫抬起了车把。她从车上说了句："再见。"

"锵锵锵锵起起咚咚！"阿蝶用纤纤玉指，轻轻地敲着垂下来的柳枝梢，给阿才看。

阿才"哦"了一声，似看非看地背过脸去。此时，车夫掉转了车头。那盏招牌灯笼，在黑暗的小道上，像流星一般划过。

"锵锵锵锵起！"阿蝶低声吟唱着，一边哗啦一声拉开格子门。同时，里屋的推拉门也被拉开了，刚才出现在栏杆边的女佣，急忙迎上前来，说道：

"你来啦。"

账房的灯和招牌的灯光，映衬出女子美好的容貌，她便是下谷数寄屋町大和屋的分红艺伎蝶吉。

腰间系着的是双色腰带，正面是深蓝彩缎，上面绣着金色乱菊花纹，反面是黑缎子。穿着瀑布条纹的绉绸和服，带着褐色的里子。她叠穿着两件相同的和服，里面是印染了红叶和车轮形花纹的友禅绸，配着大红里子，外加一条黑底印染白色桔梗花的衣领。

刚洗过的头发，盘成一个扁扁的岛田髻，蓬蓬松松的发髻上横插着一支金簪，上面一颗五寸的红珊瑚珠，只露出一点在外面。她双目清亮，眉间不见一丝愁云，年纪轻轻却未施粉黛，只涂了红唇。身体丰腴，并不清瘦，却从小就对舞蹈充满自信。

出来迎接的女佣，一看她要栽倒在面前，连忙闪开，说道：

"哎呀，好危险啊。"

蝶吉踉踉跄跄地脱下木屐，向前栽了个趔趄，差点撞到拉门上。她一闪身，退了一步，抬头看看电灯，脚下踩稳后，呼地吐出一口酒气，朝气蓬勃地一笑，叫了声：

"晚上好！"

楼梯

"阿蝶，你要请客哦。"老板娘从账房里喊道。

这家酒馆，无论是房间、器具，还是服务态度，没有可取之处。五个人一桌，竟然给其中的两个人摆上花样不同的坐垫。小碎花纹也好，唐草花纹也罢，那些不配套的坐垫都是从劝工厂①采购来的。至于，洗杯盂、海苔和放酒壶的桌子，也都是把吃火锅用的桌面上那个洞用圆木填上而已。然而，房间费却不便宜。尽管没有可取之处，可值得注意的是那位老板娘，俨然如哥哥和他的情妇一般，连女佣都能守口如瓶，保守秘密。所以，那些害怕事情暴露会有损身份的人，会时不时地光顾这里。

①日本特有的陈列百货商品的地方。兴起于1877年第一届内国劝业博览会之后，于1882年达到鼎盛，也被称为现代百货店的雏形。但随着在全国范围内兴起，商品的品质逐渐下降。

这世上虽说没有三角形能保守秘密的数学原理。酒馆的老板娘却长着一双三角眼。鼻子和嘴巴也是三角形的，就连剃掉眉毛的印子都是三角形的。她尖尖的下巴，颧骨凸起，那张宛如倒三角的脸部轮廓上，那些相似的三角形都各得其所地排列着。她撩起发白的丝织外套的下摆往后一甩，戴着扁平金戒指的手从长火盆边移开，轻轻地从坐垫上站起身。一只家犬也霍地站了起来。

它把那黄铜项圈晃得叮当作响，沙沙地穿过草席，掠过蝶吉的和服下摆，像箭一般蹿上前面的楼梯。

这条狗对主人的一举一动都深谙其意。刚看到主人从座位上站起身，便目光敏锐地察觉到主人接下来肯定是要上二楼，于是赶在前头奔了上去。爬了约莫六阶楼梯，又回过头，犹豫不决地等着主人。

三角女主人不慌不忙地说："来，上二楼。"

"请快点去吧。"旁边的女佣也催促道。

蝶吉宛如雨天的早晨被润湿的樱花一般，眼睑润上了粉色，说道："我不去。"

她边说边像闹脾气似的摇着肩。

"说这样的话，怎么行呢？"

"总是要……"

主仆二人一本正经，一左一右笑盈盈地盯着她的脸。

蝶吉盯着楼梯笑道：

"我怕狗。"

老板娘大大咧咧地走上前去，抬头看了看那只眼珠滴溜溜转等候指示的家犬，左手收进袖口，稍微伸出来一点，手指一指，家犬便如触电了一般，转了个圈，活蹦乱跳地跑上了楼。

"不行！"

话音未落，蝶吉已经把一只脚迈上楼梯，两手撑着身子，撩着裙摆，咣当一声倒了下去。那娇美的身躯，像是被绑住了似的，直直趴倒在楼梯上。

"危险！"

"天哪！"

老板娘和女佣尖声叫着。而蝶吉却对此充耳不闻，伸出胳膊，跟跟跄跄地边拖拉着步子上楼，边说：

"不行，不行，不行啊。畜生，怎么能比我先上去。"

"过来。"

此时，轻轻拍怕膝盖，回过头来的正是梓。

正在楼梯口转悠的家犬，听到召唤，毫不犹豫地猛蹿过去，突然把前爪搭在梓的和服下摆上，轻轻地伏在他膝上，乖乖待着了。

"都说不行了嘛，唉……"

"不懂礼数的家伙，真没规矩，不行的，你算个什么东西！"

蝶吉晕头转向，她叉开脚勉强站稳：

"谁答应你了？畜生，看你敢不敢过来，打你！"

她翻起袖口，举起手来，但却是连站在那儿都有气无力的。

"谁愿意去讨打呢？"

梓低下头，故意抚摩着狗的脑袋。

"讨厌，讨厌，我讨厌那个嘛！那种东西，赶紧把它打走啊！"

"好可怕啊，不知是哪里来的大姐，说要把你打走呢！"

"真急人。"

梓笑着抬起家犬的前爪伸了出去，家犬张开嘴，目光锐利地汪了一声。

"你看它恼了吧？"梓侧过脸回头说道。

"干吗要这样啊？听人家的话嘛，哎呀，真让人着急。"

蝶吉捶胸顿足，梓却若无其事地不理不睬。

"真恼火。"

蝶吉侧过身去，一边用手掌嘭嘭嘭地砸着楼梯口的墙，一边扭动着身子。本来就醉酒，再加上动作激烈，膝盖一下子软了，差点摔倒。好不容易用手扒着墙，站住了。她遮着脸，叹了一口气。

老板娘听到声音不对，边爬楼梯边赶过来问道：

"怎么了啊？"

"哎哟，哎哟。"

"净找事儿，别理她。你^①就是先上来了，又有什么关系。"

"就为了这事儿啊？哎呀，真是拿她没办法。咚！"

大概家犬的名字就叫"咚"，它汪的一声，立起了前爪。

"过来，过来，来。"

"没事的，老板娘，到这边来。"

"可是，太太又要那个啦，哈哈哈……"老板娘笑圆了那三角形的嘴，候在那里。

"说什么哪，别乱说！"

"行了，行了。"

老板娘双手垂膝，弯下腰，打趣地给狗施了个眼神。咚颇能领会老板娘的心意，它放下前爪，落下屁股，那扁平的狗鼻子和老板娘低矮的鼻子隔着草席子直直地对着。

"哦，好的，好的。"老板娘点了点头，"那么，我就打扰啦。"

与此同时，"咚咚咚，咚咚咚……"的声音传来。地板被踩得震天响，蝶吉从墙那边突然喊道：

"不要，不要啊！"

老板娘吓了一跳，退到后面，说道："哎呀，对不起，真是对不起。"

蝶吉像是要把贴在墙上的岛田髻晃散似的，摇着头说：

---

①此处指家犬。

112

"我不要，不要嘛！"

"哭了啊。哎呀，这是怎么回事呀。真是吓人。"老板娘把手掌按着胸脯上，瞪大眼睛说道，"这小娃娃，真是让人没辙。"

梓把咚从膝盖上扒拉下去，正襟危坐，言辞郑重地说道：

"你想想办法吧，可真是棘手。"

老板娘正经八百地把手放在碟吉背上，说："你呀，好啦。"

蝶吉却莫名其妙地给一把甩开："不要。"

"别使小性子了。那位都来了，还有什么不满意的。瞎闹腾，妈妈可不管你了呀。"

老板娘一边说着，一边打了蝶吉一下。

"好痛。"

"瞎说。"

"我不要。"

"你不要啥？哟，真让人不耐烦。唉……"

蝶吉浑身发抖，喊道："姐姐！"

"阿才早就回去了。不在这儿。好啦，好啦，你要是再不听话，我就来这个了……"

"哎呀！"

蝶吉痛苦地扭动着身子，老板娘也不管不顾，一个劲儿地挠她痒。随后吃惊地抱住蝶吉的肩膀：

"哎呀，老爷，真的，她真的哭了哦。请原谅，请原谅，是

113

我的不对。我以为你会很开心呢，不知道会这样，可闯了大祸了。对不起呀。"

老板娘满心后悔，伸长了脖子，绕过蝶吉的肩，去窥探她的脸色。蝶吉的脸涨得通红，眯起一双秀美的眼睛，一副耐受不得的表情。她妩媚一笑，只说了句"真开心"便斜侧过脸去，秋波流转的斜眼看着老板娘和梓的侧脸，嫣然一笑。

"浑蛋！"蝶吉缩起身子，"可不兴挠人痒的。我一被挠痒，就要死啦。真过分，最怕那个了。"

蝶吉边说着，边装作如无其事地离开墙，拨了拨衣服下摆，重新站好。这时一双手从背后猛地推了她一下。

"真是可恶极了。"

墙壁上影影绰绰地留下了蝶吉呼吸的痕迹和湿润的唇印，就像源之助的肖像被拓印下来一样。蝶吉被老板娘推到了房中央，脚底不稳，一下子歪倒在男人的身旁。

她顺势把头枕在梓的膝上，一只手支撑着想要起身，但没撑住，掩着半边脸，又倒了下去。那件印了车轮纹样的友禅长襦裙，不同色的里子和下摆凌乱地翻在外面。那姿态妩媚无比。

男人依旧把手揣在怀里，蹙着眉头说：

"这成什么样子。"

"挺好的呀。"

"好什么呀，老板娘看着呢。"

"挺好的，是吧？老板娘。"

"怎么说呢？"

老板娘极为慎重地回道。她既不好漫不经心地插到两人中间去，但这样退回楼梯又咽不下那口气，只能装作满不在乎地观望着。

"不行我也没办法。"蝶吉装腔作势地把那白玉般的手撂到草席上，说了句，"我已累惨啦。"

"好重。真没办法。喂，规矩点儿。"

梓用力地晃动着她的肩，那架势恨不得把她晃下去。

"哎呀，头发散了。"蝶吉稍稍横过身子，抬起一只手，仰着头按着梓的胸脯，醉眼迷离，心情愉悦地说，"头发散了，得怪枕头。——哎哟，你不要动，求你啦。"

"谁管你，真不像话。"男人故意用呵斥的语气说着，想要把她摇下去。

蝶吉合上眼睛，紧闭着嘴巴，紧蹙着眉头，装作一副痛苦的样子：

"人家头痛，头痛。脑袋疼得厉害，你可真过分呀。"

"骗人。"

老板娘焦躁地跺着脚，说道：

"您挠她痒痒吧。"

神月默默地看了看老板娘，低下头说道：

"算了吧，怪难堪的。一挠痒肯定完了，咕嘎乱叫一通，别提多闹腾了。"

"哎哟，看来您经常挠她痒痒啊。"

"唉，什么，无聊。说什么呢。好啦，老板娘，来这里，喝一杯吧。"

神月借机将一只胳膊肘支在桌上，总算是有处安放了。用那只无所事事、揣在怀里的手拿起酒盅，微微抬起。

"喝吧。"

"不了，不喝了。您可别想这么糊弄过去。好啦，别开玩笑了，我马上让人准备一下，打发她睡吧。她真是醉了，看起来很不舒服的样子。"

老板娘一副心领神会的神情。

神月若无其事地说："说什么呢，我很快就回去。"

"所以啊，谁也没说是请您歇息呀！"

老板娘故意直截了当地说罢，也不过来看看酒烫得怎么样了。她从刚才就一直站在楼梯口，想要下楼去。这时，趴在饭桌角落、笼罩在昏暗灯影里的咚，霍地跳起来，把项圈晃得咣当作响，倏地从房间跑了出去。

"在哪里给灌得醉成这样，啊？"

神月没想到促使老板娘下楼的竟是那只酒盅，他放下酒盅，把手放在身量娇小的女人的胸上，问道。

116

蝶吉一动不动地说："不知道。"

"怎么可能不知道？"

"就是不知道嘛。"

蝶吉说完，睁开那双清丽的大眼睛。她欢喜地凝视着眼前这位虚岁二十五的男子那张端庄俊美的脸。

"那么，我就不说是给人灌醉的。是在哪儿喝的酒，这个总该记得吧？"

"你又要训我，真讨厌。别那么认真嘛……人家只不过是喝了一点点而已。"蝶吉说着，移开视线，隔着和服想要去捏自己枕着的神月的膝盖，只是又硬又直，指尖捏不住。她想把衣服的绸缎弄皱些，便用指甲半掐半抚地摸索着，之后莞尔一笑，说，"没关系的，就喝了一点，偶尔一次嘛，不碍事的。"

"没关系？当然喽，即便出什么事，谁又能说什么呢？酒喝到你肚子里，醉酒的是你。艺伎蝶吉喝醉了酒，我可是无关痛痒的。有什么大不了的。"

梓把蝶吉往对面一推，这时酒壶连着酒壶套从托盘上刺溜溜地滑了过去。一盏杯子翻了，喝剩的酒洒了出来。虽然无须详细交代，不过这是因为酒壶滑动的时候，蝶吉一起身，给碰倒的。

蝶吉斜着身子坐在梓旁边，发髻几乎贴着梓的外褂袖子。她一本正经地把手扶在膝上，把脸紧贴过来，追问道：

117

"哎哟，你说的话好奇怪哦，好奇怪。刚说什么来着？"

梓把刚才滑出去的酒壶，拉到跟前：

"请先来给我斟上一杯吧。虽然烫的酒也凉了。"

蝶吉只是"哼"了一声，装模作样地看着。

"您意下如何呀？能否劳您尊驾？怎么样？蝶姐，这里有一个坏心眼儿的麻烦家伙，非要您斟酒不可呢。行不行？"

"啊，很好嘛。"

梓拾起酒盅，放在盥杯盂里洗了洗，甩干水，说：

"是说可以喽？可以的话，就斟到这里吧。"

"哎哟哎哟，刚才有人传话来说，有个人想要蝶吉姐给斟酒，莫非就是你？"

"正是在下。"

"哦，小伙子有心了。好吧，尽情喝吧。可别喝得太醉。哪，只怕你老婆又该担心啦。"

"明白啦，不过小的还没有妻室呢。"

"没有，也很快能娶上。只要有那份心思，一定会有的。记住了呀。"

"好的。"

"你嘛，相貌不错，性情温柔，美中不足就是你的学问，不过你从不做出一副满腹经书、卖弄学识的样子。长得像个公子哥，不拘世俗，天真可爱，性格坦率，为人可靠。你是个风流情种，不是个好东西。处处撩动芳心，可怜的蝶吉总是牵肠挂肚，究竟是为何？都怪你行为不检点，可不会放过你的！"

蝶吉边用那清亮的嗓音结结巴巴地模仿着警察的腔调，边从系着双拼腰带的丰满胸脯下面掏出一面小镜子。照着镜子，梳拢松散的头发，随后把梳子当作铅笔拿着，说道：

"喂，喂，就像先前蝶吉玩花牌那样，给你记在警察的本子上。好好报上住址，姓名。如果弄虚作假，可对你没什么好处。喂。"

蝶吉极力忍着不笑，鼓着清瘦的腮帮子，抿着嘴，一本正经的。起初还配合着跟她一起嬉闹的梓也觉得过了头，说：

"什么呀，蠢死了。"

"喂，对着警察说什么呢，蠢？你这家伙好没规矩。"

"适可而止吧，烦死了。"

蝶吉轻轻地戳了下梓的膝盖：

"哎，咱们扮警察玩嘛，多好玩哪。"

梓也训斥不得，只能苦笑一番：

"你可真悠闲哪。"

彩球之友

神月梓是一位学士。即便是在同窗好友之中，他也以儒雅的风姿、俊秀的容貌和丰富的学识而闻名，可谓人中龙凤。因之前的鬼火、流星一事，跟夫人意见相左，心生不悦之后，近来他离开夫人家躲在了谷中的寺庙里。不过，梓依然是子爵家的女婿。也就是——华族的公子。以他的身份，是不该光顾此类酒馆的。

当然，不是说有地位名望的人就不能逛花街。只要堂堂正正地保持客人该有的风度，内心无愧的话，世人也会睁一只眼闭一只眼。只是以梓的身份，他见到酒馆老板娘竟谦恭叫"老板娘"，对艺伎也不是"喂""嘿"地呼来喝去，而是叫她"蝶姐""你"，这不就是自轻自贱吗？

至少，这位青年才俊，衣冠楚楚的文学士时不时自我反省，也会羞愧不已，即便当时只有他与蝶吉两个人，并没有外人知晓。

不过，梓原为仙台生人，是当地一个漆器师傅之子，并不是在富裕家庭长大。无论是他经常去跑腿的批发商老板，到他家来订货的大叔，还是隔壁士官的太太，以及对面当铺的掌柜的，都对他疼爱有加。只是记忆中并没有人对他行过礼，他是在被要求见人要主动问好的教育环境里长大的。

再加上，他的母亲是当年从江户那边迁过来的有名的艺伎。不仅如此，之后前来仙台投奔母亲的姨母一家，也颇为不幸。没过多久，姨父就过世了，为了生计，两个女儿也双双沦落风尘。也不知是不是前世的孽缘，姑母的孩子比梓略大几岁，也没免得了做那营生的遭遇。关系要好的姐妹仨人，无论是姐姐还是妹妹，都没能当上大小姐，也没做成别人老婆，更别提当少奶奶了。一个不落地都成了被世人骂作畜生的低贱之躯。

母亲年纪轻轻就死了，不久父亲也去世了。根据父亲的遗言，梓原有个亲生姐姐，因为家庭原因，生下来立刻就送给别人做了养女，并约定从此再不联络。几年之后，传闻那家人也颠沛流离，这个姐姐也同样做了艺伎。父亲下葬后，过了七七四十九天，虽然知道家中境况，但因羞愧一直音讯全无的姐姐，那时已经做了某富商的爱妾，寻到家里来。就这样，靠着姐姐的零花钱和堂表姐妹三人像掏龙腮一样辛苦筹来的一点钱，总算是办完了丧事。梓家里一贫如洗。

小学毕业后，梓上了初中，那时刚好读到高中，学费不必说都是父亲的血汗钱。堂表姐妹们也在感叹自己身世凄凉之余，觉得梓是个男儿，一家之中至少得有一人出人头地才行。于是，你送来石笔，她拿来算盘，那边又寄来个花簪穗子，说用来做书签很美。还有一个小可爱说梓那套小西装挺合身，一起去拍张照吧，结果被姐姐骂了一顿。

下学回家的路上，要是骤然下起大雨，从十字路口就会出来一名艺伎，撑着深蓝蛇眼伞，跟他合打一把伞，拉着手回家。所以，从八九岁起，梓就被男孩子玩伴无情地疏远。别人都是交竹马之友，偏偏他交的都是彩球、羽毛毽子之友。

　　父亲亡故后，因为姐姐的初次来访，梓也利用这个机会，高等学校毕业之后就来到了东京。学费是从姐姐那儿——从她老公的腰包那儿——拿的。可学业中途，大志未酬之时，那位仅仅年长他两岁的姐姐，像一株纯净美好的山茶花从壁龛的花瓶中吧嗒一声凋零一般，追随父母撒手人寰了。

　　最后，三个堂表姐妹，甚至连头饰、一根腰带、一只戒指都卖掉，给垫上了二十几元，才不足两个月的学费。可怜的是，其中一个得了眼疾，一个几乎疯掉，另一个据说被人带去了北海道，从那之后，音信全无。

　　因为这样的生长环境，梓从小就红朝绿暮，出入花街柳巷，熟识秦楼楚馆。但无论是因为思念而去，还是有事拜访，对方要么就是包身艺伎，要么是对半分红的艺伎，总之都是有主人的。所以势必要给在账房里跷着二郎腿的老板娘打招呼，也免不了去内屋，对盖着棉睡衣午睡的光头老板点头哈腰。

　　只是这么一说，也许听起来像是梓很没骨气。只是，别人的下人不是自己的仆人。看到门口当班的书生替来客摆好鞋子，迎来送往，来客要是妄自尊大，以为别人是顺从自己，那就失礼了。摆放鞋子只是在伺候主子，并不是特别针对客人的礼数。

艺伎也是一样。只有你是顾客，兴致高涨，付了钱财，才能命令她弹琴、喝酒、唱曲儿、斟酒，把她当成从事下贱行当的人加以轻视。但要是惹火了她，给你吃个闭门羹，你也只好像挨了弹子儿的鸽子一样，惊慌退场。不管客人是工是商，是文是武，都只能被当成吃了败仗。更何况，还有很快被别人请走，压根不搭理你的呢。

就算是忘八①老板、酒馆老板娘，如若你不是作为顾客来接受他们行礼致意，而是作为个人来访，那就不得不跟对方点头致意了。就是这么个情况。

纵然姐姐是卖淫妇，妹妹是个良家淑女，但姐姐依然是姐姐。即便是个山贼，但对方没有在你迷失方向时加害于你，而是给你指路引道，使你得以平安下山的话，那他便是你的恩人。虽说他祸害人间，但于情你也不忍心去告发他吧。然而，有人偏去告发，最后遭了报应，浑身是糨糊血②，倒在地上痛苦挣扎。恐怕就是在戏里，也没哪个名角儿愿意演这样的角色。

从母亲开始，再到姐姐和堂表姐妹，年幼时支配梓七情③的，都是受苦受难的人。虽说走到哪儿都无须忌讳这些，然而，回

①指忘记"仁义礼智信忠孝悌"八大美德的人，也指代使人忘却这八大美德的地方。此处指青楼。
②原文"道具血"，指用糨糊做成的血浆。
③指佛教里所讲的"喜怒哀乐爱恶欲"七情。

想起来，一路坎坷，境遇也未免太悲惨了。

沐浴归来

梓上京以来，在东京这块土地上令他感到怀念的就数汤岛了。在汤岛，他最喜欢倚着视野辽阔的铁栏杆，眺望被四方形的房子围簇着的天神下一角。

他对此地的眷恋，仿佛在重复昔日旧梦。倒不是说他曾在这里做过什么，而是据说天神下是他母亲出生的地方。

于是，这位背井离乡独自寄宿校舍，羞涩腼腆、不谙世事又脆弱敏感的美少年，每每望着古朴的房檐，总会思忖那儿也许就是母亲住过的地方；每当他握住神社的鳄口铃，就觉得母亲十七八岁的时候或许也摸过它吧；当瞥见耸立在左侧的帅气二层小楼的栏杆上晾着红绸里子的和服，特别是夜幕降临，推拉门上映出穿衣立镜的影子时，他总是心生欢喜，又落寞惆怅，深感哀伤与眷恋。他常常独自伫立在那里，久久不肯离去。不过，爱恋也好，思慕也罢，只不过如浩瀚晴空上的云朵一般，是虚无缥缈的幻影罢了。然而，有一天，它竟然以清晰的形态出现，支配着梓的感情。也就是，可以倾注所有眷恋、怀念之情的本尊出现了，她就像妇人信仰的观世音菩萨一样，温柔、尊贵、高雅、端庄又神秘。

就在玉司子爵家的千金，也就是现在梓的夫人龙子，还没寄来法文信的时候，亲姐姐去世，堂表姐妹颠沛流离，他没了学费，只得休学，从校舍退宿后暂时借宿在朋友夫妇二人租住的连排房里。无奈那位夫妇也穷困潦倒，某天被房东赶出了那九尺二间①的栖身所。那天，怀才不遇的梓照旧在汤岛境内彷徨徘徊，百无聊赖地倚在铁栏杆上消磨时光，暮色降临正准备回家之时，途中遇到那对夫妇，跟在一辆货车两边，从妻恋街那边雇人拉了过来。

"我们搬到天神下××号去，你随后过来啊。"

"神月先生，我们把这辆车装不下的那些破烂儿都寄放在邻居家了，你雇辆车拉过来吧。"

夫妇二人乐呵呵地跟他告了别。梓听从朋友的吩咐，回到原本在同朋町租住的那家连排房，收拾了剩下了的行李，再加上自己的书柜、书桌，双人人力车是装不下的，于是他又雇了一辆搬家用的平车。

到天神下并没有多远的路程，梓手提煤油灯，看着行李车，穿过男坂后面，来到目的地，但却找不到那个地方。

不知是对方说错了，还是自己听岔了。他甚至把自己记住

---

①指横宽九尺（约 2.7 米），纵长二间（约 3.6 米）的房子，是在江户时代最狭小的居住面积。后用此指代狭窄简陋的房子。

的门牌号拿去跟负责租赁房屋的人打听，都说不知道。他跟着货车转了一圈又一圈，日头落了，天黑了下来，足足走了两三个小时，拉车的车夫满腹牢骚地抱怨道："怎么这么糊涂。"要是打道回府，就连个睡觉的地方也没有。梓一个人为难极了，束手无策，这时又被警察训斥：为何没有点灯。车夫没好气地对梓说："没有准备灯笼，你把手里的煤油灯点上吧"。车夫也是憋了一肚子火，嘴里一直嘟囔："哼，真是糊涂。"

于是，暗夜中，神月梓提着点亮的灯笼，站在平车前面，围着天神下街道来回转悠。街角的酒馆，卖卷烟的商店，米店的窗子前，梓这边一句"劳驾"，那家一句"打扰"，这家一句"请问"，到处打听，可是每一个回答都是"不知道""不清楚"。每当他询问无果的时候，背后的车夫就咬牙切齿地抱怨。梓简直忍无可忍，这时又下起雨来。

梓焦虑不安，变得脸色苍白，额头上暴起粗粗的青筋。他素来性格温和，不与别人对抗争执，有不愉快也都极力忍耐。此时却不由得怒火中烧。再加上他脆弱敏感，一时气昏了头，恨不得把手中的煤油灯砸到货车上。甚至暗自思忖，要是给摔个粉碎，煤油烧起来，燃起熊熊大火，会烧个一了百了吧。这个年轻人是做得出来这事儿的。

这时，咯吱一声，写着"瀑布澡堂"的女子澡堂的门轻轻推开了，走出来的正是蝶吉。她套着印有一个家徽的黑色绉绸外褂，一件家常和服，系着桃色腰带，领口松垮垮的，却很华丽，脚穿一双整木旋制的木屐，木屐很高，更显她身姿苗条。她披散着刚洗过的头发，手里拿着湿手巾，嘴里衔着红绸米糠包①，边走边用手撩起鬓角的头发。她离开仲之町的旧东家，想要换到别处，暂时借住在熟识的荐工所里。在十七岁的初夏，这场惜别晚春的瓢泼大雨到来之前，在昏暗的街道上，两人迎面相遇。蝶吉看到一只蝙蝠几乎贴着地面，低矮地翩翩飞过。米店早早地关了门，三两道灯光透过绳子门帘洒落到门外，米店内灯光暗沉。有一位玉面少年背对着米店，提着煤油灯，面朝这里，悄然而立。当时的梓想必气得连秀气的眉毛都倒竖起来，他正要把煤油灯摔到货车上。蝶吉是个江户儿，最见不得那腺眉奄眼的丧气模样，简直比蝮蛇还讨厌。这个女子不怕生，又年轻，为人洒脱。当她看到这位风度翩翩的少年怒气冲冲、血气上涌的时候，就觉察出定有隐情，于是喜不自胜地上前打招呼道：

"这是到哪里去啊？"

一盏红灯笼划破了黑夜。灯光闪闪下，站在堆着破烂的货车和车夫黑魆魆的身影后的那位，提着煤油灯，走上前来。

"在找家呢。"他内心狂躁，声音尖厉地回道。

蝶吉笑容盈盈，热心地问明缘由后，说：

---

①装了米糠的布袋，主要用于搓澡、洗脸，有美容作用。

"哦，今天搬过来的吗？是不是那户，当家的扎着兵儿腰带，系着围裙，长得胖乎乎的。夫人夹衣上挂着衬领，长得很俊俏？那家的话，喏，在那边呢。"

蝶吉边说边用手里的湿手巾指了指，原来她就住在那户排房街头的荐工所里。

这个荐工所的隔壁，是家门脸很小的咸酥饼店，对面的拐角处有家兼职做花簪的临街排房，两家店隔着一条甬道。路的尽头是一堵黑板墙。走到尽头向右拐，是一扇别致的格子门，门内挂着御神灯①。不过不是这家，而是向左走，迎面就是一道檐廊，有一户木板顶的小房子，一眼就能看到后面的石墙，这里就是新搬的住所了。

这一隅隐在柳荫之下，隔离在松枝之后，笼罩在大屋顶的阴影里，被鳞次栉比的二层楼房遮挡住，站在男坂上面也看不到。射箭场被拆除之后，即便是倚铁栏杆俯瞰，尽管就在眼皮底下，可是连一座房顶都看不到。这是天神下的避世隐里。

幻影

那家花簪店和酥饼店之间的甬道口装有一扇木门，同禁止

---

①店家门口挂着的灯笼，常写着"御神灯"三字，以求好兆头。

在公共水井旁洗尿布、刷旧木屐和洗脏东西一样，管事的规定严禁捡废纸的进入，夜里十点准时关门。

搬过来后的第五天晚上，梓过了十点才回来。来到木门前，发现门已经上锁。对面的澡堂子传来刷地板的声音，男坂下的心城院也关门了，柳荫昏暗，周围的住户已经入睡。穿山道那边传来吆喝声和人力车疾驰而过的声音。幸好可以穿过酥饼店到后面的连排房去，所以木门关闭之后，大家都如此。老板娘看到梓，明白他的来意，招呼道：

"书生老爷，您提着木屐，到这边来吧。"

梓觉得很难为情，背过脸去，想从店门口穿到后面去。这时，正面迎上了前几天的那位美人，她同样拎着整木旋制的木屐，从后门身段轻盈地走来。两人经过门槛时几乎摩肩接踵，她和服袖口处露出的大红长内衬，一摇一摆，几乎缠到梓手上，散发出留南木的熏香。他俩四目相对。

"借过。"

"……"

"来玩吧。"

她说罢，没等梓回答，早就吧嗒吧嗒地跑到门外。

"大婶，打扰了。"

说着，咯吱一声拉开荐工所的大门，门上的铃铛丁零作响，蝶吉走了进去。她今晚到了巷子里常盘津①师父家里玩，刚刚从那边回来。

没过多久，梓就收到了法文信，从这个避世住所搬了出去。当他重新住进宿舍，在书桌上翻开拜伦诗集，肃然而坐，原本就令他眷恋的天神下越发令他怀念了。

当时，梓自然无从知晓那位美人是谁，只是前后相遇过两次而已。而且当时看得并不真切，别说年纪，就连长相也没看清。只是从装束打扮，一眼就能看出并非良家女子。俨然是这座大都会艺伎的装扮，梓吓了一跳。

不过，他走投无路之际，是她指给了自己住所的位置。事情虽小，但梓把她视为恩人。梓觉得是自己亡故的母亲，附身显灵救了自己。这里再交代一下，梓的母亲是名艺伎，就出生在天神下。

斗转星移，但听说那柳，那松，以及澡堂，都是老早之前就有。如今，周围的女孩仍聚在寺前嬉戏，唱着拍球歌。房檐，屋脊，泥土的颜色，都是原来的样子。思念心切，梓常幻觉这里就是母亲住过的房子。对那栋短暂寄宿的破旧老屋，梓也心生幻想。梓仿佛是在脑海里绘制了一幅栩栩如生的幻想画面。他浮想联翩，不知怎么的，初次见到蝶吉，就觉得与已故母亲

①三味线音乐的一种。

130

的音容笑貌别无二致。在酥饼店擦肩而过时也是，恍惚间仿佛前一个世纪的幻灯片从眼前闪过：母亲也是在那个年纪，在这个时候，同样的地方，做着同样的营生成长的吧。

清晨参拜

梓完成大学学业，被写法文信的千金——那位年长梓两岁的龙子，迎到子爵家做了女婿，继承了子爵的家业。那时，不知是因产权更迭，还是由于房主个人的原因，原来寄宿的那间避世木屋被钉子封死，再也不能在那里缅怀往昔了。转到连排房的另一侧一看，酒铺两座仓库的房檐之间，新开辟了一条甬道。他心想着，大概从那边也能通往以前寄宿的木屋吧。自然，先前关照过自己的朋友夫妇，也早就不知搬到何方。况且，这个巷子狭窄得很，面对面吃饭，朝窗外一伸手就能从对面借来酱油。他如今身穿印有家徽的和服外褂，是断然不好钻进巷子东张西望的。进入寻不得，问又问不着，心中便越发怀念起来。只是如今身份不同，成了玉司子爵梓氏，出入府邸场面夸张，来来往往也引人注目。在汤岛漫无目的闲逛这等事，逐渐变成隔几天一次，后又变成隔几周一次了。花儿是远处香，这下梓越发怀念汤岛了。

131

梓就是怀着这份感情，在这个地方，而且是在参拜汤岛的清晨，与蝶吉重逢的。洗手台前挂着桔梗连^①供奉的歌灯笼，上面书着以新叶、鲤鱼旗、杜鹃为季语^②的俳句。那时曙色初露，朝霞片片，一轮残月挂树梢，宛如一幅新绘的水墨画。

恰如今日的宿舍红茶会上龙田若吉所说的，从某种意义上来说，那一次梓也是被蝶吉拯救了。

那是件微不足道的小事。梓从小在贫穷艰苦的环境中长大，如今成了文学士，又做了玉司子爵夫人爱慕的夫婿，然而全然不把零用钱放在心上。那天清晨不知是没带钱包，还是忘了，还是在哪里弄丢了，总之身无分文。他拿起长柄木勺刚要倒水净手，一张圆圆、稚嫩的脸，从一排装豆子的土陶罐后面探了出来。

"给水钱呀。"

梓往怀中摸了摸，又在两只袖子里掏了掏，都没有钱夹子，腰带里就更没有了。

他不由得慌了神儿，自言自语道：

"怎么回事儿？"

"给水钱呀。"

梓尴尬极了，就做出一副纳闷的表情，说道：

---

① 俳句结社的名字。
② 日语俳句中必须出现的恰好能代表季节的一个词语。

"咦，咦。"

这只是做个样子，他并没有自己被偷了的想法。

小孩依然重复着：

"给水钱呀。"

"哎呀，好像是忘记带钱包了。"

小孩眨巴着眼睛，完全不听解释：

"给水钱呀。"

梓生性腼腆，即便是面对只有六岁的孩童，也羞愧难耐，无地自容，想要退回去。站在他身后的是清晨来参拜的姿态婀娜的美人，她边稚气地莞尔笑笑，边从日常系的绸子腰带间掏出包在怀纸里的一只鼓鼓囊囊的钱夹子，在手掌上摊开，打开大红织锦的钱夹，掏出一只玩具般的绿色天鹅绒蛙嘴小荷包，大概有食指和拇指圈起来那么大。啪的一声打开，就像小孩子往袖口里瞧一样，天真可爱，笑嘻嘻地眯着眼睛往里瞅着，捏起一小枚闪亮的银币，丢到对面：

"小和尚，老爷的那份也一起付了。"

梓愣住了。

美人回眸一笑：

"请把手伸过来吧。"

事已至此，梓一面暗自决心日后报恩，一面快速地伸出手去。蝶吉往那张如医生般干净的手上，哗啦啦注上了一泓清流。

水碰到手掌飞溅出一串珍珠般的水滴。随后又浇了一勺。蝶吉不让他甩干，不慌不忙地说：

"请用我的吧。"

她安静送出盈盈秋波，望着梓，稍微仰起脸，拽住手巾一角抽出一条参拜用的手巾。手巾是崭新的，连边角都没有丝毫磨损。

茶色的底上，印着白字："数寄屋町大和屋内蝶吉"。

梓这才真诚地第一次开口说道：

"小姐，我一定还礼。"

"哎呀，这有什么。"

"一定。"

梓郑重地说完，就此别过蝶吉，沿着石板地离开了。那些栖息在匾额堂的屋檐，神社的廊檐，以及鸟居底下、净手台棚顶上的鸽子，此起彼伏不住地叫着，其中两三只从他们中间轻轻地飞来飞去。四处无人，远远地传来"纳豆，纳豆"的叫卖声。——这件事距今已经相隔两年有余。今夜二人又在歌枕幽会。

荒谬至极

"今晚我很开心。这阵子身子不好，再加上你许久不来，我心里一直郁闷着。"

蝶吉说着，突然变得悲伤起来。她情绪转变很快，或者应该说是剧烈。她心地纯洁，美好如许，宛如一面打磨明亮的镜子。无论是月色、花容映在心头，还是黄莺、杜鹃的啼叫回荡心间，皆悉数形于颜色。

梓也怀念地点点头：

"近日有些忙，虽然听说你病了……"

"是发奋读书来着吗？"

梓漫不经心地应了一句"嗯"，随后像是想起什么似的，阴沉着脸。

蝶吉却浑然不察，来了句：

"是吗，够狂妄的。"

"太没礼貌了，人家都说是用功了，你怎么能说狂妄呢。"

"你又不稀罕当官发迹，香车宝马。多没意思呀。要是再累出个好歹可就麻烦了。"

"可是不努力的话，连饭都吃不上。"

"我养你啊。"蝶吉说着，稚气未脱的脸上做出稳重老成的表情。

梓听到这话，于心不安似的笑着，含混道：

"那就拜托你啦。"

"嗯，没问题。"

"可是，我讨厌木屐。"梓一副下定决心的语气，冷冰冰地说道。他怔怔地盯着蝶吉，眼神中带着某种深情。

蝶吉看上去有些意外，若无其事地说了一句：

"哎呀，哎呀，你说的话好奇怪。"

至此，梓正襟危坐："不，并没有说什么奇怪的事。你隐瞒我可就不好了。我问你，松寿司是怎么回事儿？"他毕竟不便明说，所以兜着圈子问。

"真讨厌，这是在吃醋吗？他可不是什么值得你挂心的对手。你说这话像是第一次来花街似的，真是可笑。"

"不管怎么说，这是真的吗？"

"啊，"蝶吉尴尬地应了一声，和男人相视而望，脸抽搐了一下，"那个嘛，那个，我可是一无所知的。"

她俯下头，用烟袋杆无意识地敲打着自己的膝盖："反正那件事已经结束了啊。那种人算什么东西，你竟然把他放在心上，太可悲了。我可是蝶吉呀。"边说着，边露出疲惫的笑容。

"不是那事儿，是肚子里的……"

梓话说一半，自己都讲不下去的，背过了脸去。

"唉，"蝶吉默默低下了头，半晌，羞红着脸问道，"你是听谁说的？打哪儿听到的啊？"

"嗯，在路上听到了几句我很在意的话，就不由得……"

蝶吉用惊讶的语气问道："还听说什么了？"

"你别放在心上。你也知道，我从没逛过花街，你是头一个。原以为做这个买卖，都要说谎话。可是你说：'太不体面了。要是有人说喜欢你啊什么的，即便是在哄骗你，假如她做出一副喜欢你的样子，那她一定是喜欢你。你就当她是喜欢你就好了。疑心过重，反倒有失体面，一点都不男人。'因为你这么说，我也深以为然，自以为你喜欢我。嗯，始终以为你迷恋着我，这才以你的情郎自居。所以我并不是要打破砂锅问到底，说东道西地跟你过不去。只是刚刚来这里的路上，松寿司的那家伙，指桑骂槐地说了一些奇怪的话。"

"可恶！"

蝶吉像是鄙夷窥视了自己隐私的人，又像是因为自己的行为不检而感到羞愧似的，用粗暴的语气说完，又心虚起来，便干脆催促对方赶紧宣判自己的罪行，虚弱无力地问道："他说了什么吗？"

"毫无保留。"

神月直截了当地说。

"唉。"蝶吉认真地应声，那语气仿佛一下子长大了三岁，又突然改变语气说道，"不过，已经完全恢复了。听说在西洋大家都不在意的。而且在乡下，也认为是理所应当的，我已经释怀了。"

"一起的姐姐说我身体已无大碍，今晚要庆祝我康复，还给我煮了红豆饭。所以就喝了些酒，庆祝一下。这有什么不对吗？嗯？嗯？"

蝶吉看到梓神色沉重，感觉不对劲儿。

梓一时说不出话来，抱着胳膊，沉默不语。

"喂，你有什么好郁闷的？是因为我吗？我做得不对吗？"

"还说什么对不对的，你简直是，荒谬至极！"

"可是，我不是也没办法吗。"蝶吉不知如何是好的，眯起那双大眼睛，低下头浅浅一笑，随即抬起头，眨着眼睛，

"是这样，听说那事情只要做了一次，就一辈子也生不出孩子了。不过，你不是说过不要孩子吗？你不是说过，小孩哇哇大哭，烦人得很吗？那时我说，三岁的小孩会叫爹妈，说些调皮的话，多可爱啊，从别人家领养一个吧。你不是说，那也很麻烦，想听俏皮话，养只鹦鹉就足够了吗？"

梓目瞪口呆，哑口无言。

蝶吉得意扬扬的样子说："喏，你看，这样不挺好的吗？我也不想要孩子。"

说着，稍稍斜倚着身子，含情脉脉地看着男人，把手放在胸上展示给对方看。

"你不是说这边的奶子是小菜，这边大一些的，是要给你吃的饭吗？"她说着，使劲一勒，缩着肩膀，含笑颤抖着，"哎呀，好痛啊！"

梓忍无可忍，厉声叫了一句："阿蝶！"

蝶吉有一套一旦要挨骂就能打岔逃脱的招数。她用三只手指撑地，恭敬地低头行了个礼。她松散的岛田髻系着白色的粗发带，完整地展示在对方面前。刚洗过的头发，闪着美丽的光泽。"传小人过来，不知有何贵干？"她装着男人的腔调，强忍着笑意说道。

梓心肠软，看到对方屈身至此，不禁百感交集。再加上看这女人一直低着头，不知是不是由此泄了气，不觉热泪盈眶。然而，他拿定主意，移上前去，用膝盖抵住女人的膝盖，把手按在她的肩头，趁她没注意，一把将她抱起来，紧紧盯着一脸惊愕的女人，说道：

"真可怜。你生来不幸，又全然不谙世事。所以，我不会责备你。即便你在这儿，在我面前，吐着舌头说厌弃我，说：'哎呀，你上当了。笨蛋。哄你两句，你就高兴得忘乎所以。还说自己是什么情郎，真是惊呆我了。看你那副德行。'我也丝毫不会生气。"

"不，即便是我懊恼，气愤，也对不会说你不近人情。"

"假若你明知这样做是薄情寡义，不近人情，还故意去做，我倒是会生气。倘若你是在毫不知情的状况下做的这些，就没什么不合适的了。"

"所以，我什么都不会说。只是，听说你总是说我没经验，

139

是个公子哥儿，什么都不懂。当然，该把三味线的第三弦调低，还是该把第二弦调低；音节是该拖长还是缩短，这些我一窍不通。逛花街的各种门道，我也一无所知。但我知道，只为了潇洒便在大冷天里不穿夹棉和服，是有害健康的。我也知道，你看不上此处的艺伎，觉得她们整日裹着夹棉和服太邋遢。"

"穿得单薄，自然显得身材苗条，当然姿态优美。据说你们是受到训练，故意要语无伦次，说些没头没脑的话。也听说，你们以稀里糊涂、傻里傻气、幼稚无知为好。我成天抱着字典，学习方块文字，净听些晦涩难懂的大道理，对我来说，你说些莫名其妙、乱七八糟、纯真可爱、天真无邪的话时，我感到高兴和有趣。与其说是有趣，不如说是获得慰藉。但是幼稚也好，天真也罢，要是把孩子的事……听好了，要是让政府知道了，就成了罪人。做出了这种见不得人的事，你还去吃什么红豆饭，还喝得醉醺醺的，你真是太过分了。"

梓悄声说着，但渐渐声音和手上的劲儿越来越大。蝶吉并没有把羞红的脸掉转过去，而是吸气似的颤抖着双唇。

梓凝视着她："真可怜。我绝对没有要责备你的意思。就像刚才说的，正因为是你，所以我才毫不介意。只是，你十九，我二十五，我是比你年长六岁的哥哥。喏，我把你看作妹妹，你就听哥哥的话吧。"

伴奏艺伎

这么说来梓倒是想起，就在一个月前的晚上，也是在这个歌枕幽会的时候，蝶吉曾拐弯抹角地问他，想不想要个孩子。他当时并未在意，听过就忘了。但在这里仔细一问，才知道松寿司的恶言恶语是根据确凿的。这是梓意想不到的，他又惊讶又茫然，对蝶吉心生怜惜又觉得悲凉。

蝶吉曾天真烂漫地告诉梓，有次她去赶海，在海边疯跑嬉闹，还喝了海水，海水真咸啊！那语气像是发现了什么了不得的学术原理一样。

蝶吉小时候调皮捣蛋，挨了训斥，就逃了出来，混进附近祭礼的戏班子里，锵锵起、锵锵起地跳舞，追来的人竟然没有认出她来，扑了个空，就默默回去了。她常常问梓："我的脸现在还像丑女面具吗？"

蝶吉就是这种性格。她还跟梓说，自己走在街上，要是见到哪个狂妄自大的家伙，她就去撞他。梓劝诫她，说："你这个胆小鬼，要是对方生气了怎么办？"她竟一本正经地说："要是来打我，我就混到二十五座①里，跳祭礼舞去呗。"梓对她束手无策。蝶吉如今已经十九岁了，总不至于相信靠那种方式可以逃脱吧。可她确实依然稚气未脱，不仅仅是嘴上说说。要是告诉她，堕胎就触犯了刑法，她肯定一头雾水。要是跟她说，你会被警察抓走送进大牢，她大概又会混进二十五座去跳舞吧。真是毫无办法。

梓越是跟蝶吉熟识，就越发明白，她的不谙世事跟成长经历有关。对蝶吉的怜爱之情也就更深了一层。

除此之外，蝶吉还是他的恩人。更何况，两人又是在梓怀念不已的汤岛相识。从梓记事起，就支配着他怀念、爱恋、怜惜和喜悦之情的堂表姐妹和亲姐姐，如今或香消玉殒，或去向不明。梓把对她们的所有感情，都倾注到了与她们境遇相同的蝶吉身上，她成了凝结那种情感的焦点。就算让自己代替蝶吉去受苦，梓也心甘情愿。

当他知道了蝶吉的全部身世后，就更别提有多同情她了。

蝶吉的母亲原是京都一个正经商贾家的女儿，就像净琉璃戏文里经常唱的那样，她背着父母，和一个土佐浪人私订终身，海誓山盟，私奔到了当时还叫江户的此地。二人躲在根岸生活期间，时局变动，失去了生活来源，母亲就去仲之町当了歌姬，

①是在神社里举行祭祀活动时表演的"太神乐"的名称，因有二十五个曲目而得名。

一边赚钱，一边尽着妻子的本分。在这期间，小蝶吉出生了。

母亲技艺高超，有了孩子也依然能工作。遇上老主顾的酒席，她就让年轻的女佣把蝶吉带来。她背过身去，放下三味线，解开衣襟给女儿喂奶。在这种境况下，蝶吉满了周岁，总算能蹒跚学步了。可根岸那边的父亲，却一病不起了。

当蝶吉长到三岁的时候，蛎壳町有个眷顾她母亲的主顾，明知她带着孩子，还是替她赎了身，养在滨町那边的妾宅里。那两年间，蝶吉得到母亲的百般宠爱，已经会唤"妈妈，妈妈"了。

可惜好景不长，米屋町的米价时涨时跌，行情混乱。妾宅的主人一败涂地，落魄失意，最后更是血本无归。由此变得残酷无情，逼着蝶吉的母亲归还所有的赎身费。

自从根岸的丈夫亡故以来，蝶吉的母亲就心灰意懒，早就任凭命运的摆布了。她并未反抗，又回到芳町重操旧业。不够的钱，把家产悉数变卖，却还是没凑够。所以只好把蝶吉卖到了仲之町的大坂屋去，期限为十三年。

按照花街包身艺伎的惯例，母亲和对方口头约定，不叫蝶吉卖身，但在技艺上用任何手段来调教都可以，稍微让她吃点苦也没关系。结果，蝶吉受尽了折磨。

说是，在酒席上陪客通常是三人一组，两个姐姐辈的艺伎，再加上蝶吉，抱着伴奏的乐器跟着。一个降雪的夜晚，蝶吉毛骨悚然地向梓讲述过当时的苦难。

那里，包办酒席的客人通常是深夜才来。一听到招呼，她就得抓紧把两位姐姐在酒席上穿的衣服——腰带垫，腰带，腰带扣以及长襦衫的细带子都按顺序摆好，规规矩矩地送过去，自己换好衣服后，再摆好两位姐姐的鞋子。之后再带着三味线——那时技艺超群，但脾气火暴的姐姐说在客人面前弹断弦，现接的话就合不上节奏了，为了摆排场，让她带上替换的三味线，一共四把，送到青楼的账房那儿。之后，再上气不接下气地折回来，捧着自己的伴奏乐器跑过去。

随后，再把那四把三味线搬到酒席房间，调好音，放好，就要立刻回过头来调试自己伴奏用的乐器，刚系好琴弦，那两位就不紧不慢地进来了。然后又得给她们清掉木屐上的雪，火急火燎地整理停当，赶到筵席，这时开场曲已经弹完，手还没来得及放膝盖上歇息一下，姐姐就来责令她伴奏了。指头已经磨破了皮，天气又冷，手指冻得僵硬。她气喘吁吁，连把小鼓背到肩上的力气都没有了。

跟梓讲这些时，蝶吉钻出被窝，把友禅染的睡衣袖子铺在地上，只穿着一件长襦衫单膝跪着，一只手抬在上面比画着。

"那时我也就这么高，背上鼓，都看不到人了。"

她一边说着，一边把一只手搭在肩上，直挺挺地做出一副打鼓的姿势，两鬓的秀发披散在她未施粉黛的雪白脸庞上。回忆往昔时，她眼神发直，泛着难以言表的哀伤。梓不由得正襟危坐。

有时候打鼓用力过猛，腰盘不稳，摔个四仰八叉。她们就会暗地里咒骂她：

"哼，有失体面的东西。干脆拿烧红的火筷子从她屁眼给穿过去，钉到草席边上。再给贴上一张不倒符。"

骂完回去，就揪着她耳朵抽大嘴巴子。还抓着她的衣领把她按到地上，用长烟袋杆子打背。不仅仅是犯错的时候，就连叠衣服，也要责打一顿，责骂她把后背缝隙叠歪了。跳舞没跳好，也要暴打一顿。身上总是旧伤未愈又添新伤，还要被逼着干活直到寒冷刺骨的凌晨。两人一回来，从和服到三味线和木屐，都要她来收拾。天一亮，又要拎着账本到各个酒楼去记账，根本没有睡觉的时间。

到了白天，又要练习吹笛子，打鼓和跳舞，隔天还要去习字，连喘口气的工夫都没有。

蝶吉模模糊糊地记着自己的亲生母亲，但既不知道她多大年纪，也不知她住在哪里。一哭就被人拧舌头，所以每次都只能默默地掉眼泪。她说到这里，瘫倒在地，拭了拭泪水。

每次经过河堤，看到别人家的孩子被母亲牵着，或在开心地嬉闹，她都不由得暗自伤怀：同样生而为人，为何境遇如此不同？有一次，她看到田圃的水洼边，五六个人在捉鳟鱼，羡慕不已，就不管不顾地撩起衣服下摆，系上袖口，下到水里说：

"让我也一起玩吧。"没想到，两三个人却叫骂着"嘿，臭婊子，癞蛤蟆种儿，脏东西"，抓住她的手脚，把她掀翻在地。她吃了一嘴的泥水，脸色煞白，回去之后，老鸨哪能饶得了她。冷不防地拿细绳将她五花大绑，浑身湿漉漉地就被塞进高壁橱里，从下午一直到夜里两点左右。她当时简直要死掉了，心中暗想：我这么可怜，遭了这么多罪，你们却非但不安慰我，还骂我是婊子，把我推倒。你们这群街上的浑蛋！正因为你们这群家伙娇生惯养，被百般骄纵，却生在福中不知福，到了脸上冒痘的年纪，就找父母哭诉，要钱出来玩女人，我才要在这里学艺，受尽凌辱。等着瞧吧，我要打倒你们！报复你们！欺骗你们！玩弄你们！我要把你们折磨得半死不活！我一定要争气！

从此，蝶吉就有了干劲儿，主动学艺，再加上性格好强，不怕吃苦，一直坚持到十七岁。坚硬的花苞终于绽放了，也有了一个跟在自己后面叫自己"姐姐"的雏伎。在秋天的仁和加节，也毫不逊色；到了酒席上，也是一枝独秀。论三味线，她弹得一手清元调。论舞艺，她习得了花柳的绝活。曾经的伤痕，练就了今日的技艺，她已经样样精通。就连将客人迷得神魂颠倒的话语，她也完全掌握。蝶吉已经准备就绪，来吧！

这帮禽兽，赏花观月，却仍嫌不够，非要拿活生生的女人来慰藉自己。她要给他们一些颜色看看！倘若他们憎恶她，怨恨她，想要弄死她，也无妨，花簪子可尖锐得很呢，就用它刺瞎对方的双眼，逃之夭夭即可。柳眉杏眼火焰唇，她怀着满腔的不平，却可以对着一方天空嫣然而笑。正在这时，一位脏兮兮、耳背眼赤、衣衫褴褛的老婆婆，拄着拐杖，颤颤巍巍地找上门来，传来口信说，蝶吉的亲生母亲患了重病，想在临终前看她最后一眼，跟她告别。

蝶吉连做梦都想见母亲一面。她浑身颤抖着，和那位老婆婆特意雇了一辆双乘人力车，奔到了小石川指谷町的一户破烂的长排房。她不顾一切地冲上去抱住母亲。"是峰儿吗？"气息奄奄的母亲，欣喜至极竟唤出了声。蝶吉紧紧地抓住母亲，想要留住那即将的消逝的生命，使得当天就要咽气的母亲一度睁开了眼。

蝶吉打量下四周，不用说请医生来看病了，就连买一剂感冒药的条件都没有。不管怎么样，蝶吉要先回大坂屋去，她的契约期限已经所剩不多，所以又借了些钱贴补母亲。但作为包身艺伎，她连半天的闲暇都没有。无论是请人看护，还是答谢医生，都需要她一人张罗。既要应付北里，又要照顾小石川的病人，累得人都消瘦下来。但依然戒了吃盐，祈祷神明，即便是缩短自己的寿命也要保佑母亲平安。

疯狗源兵卫

　　第七天的早晨，刚好从东家那里得到半天假期，她就再次来到小石川的破房子探望母亲。母亲的心窝口长了一颗拳头大的东西，既上不来，又下不去，剧痛已经持续了三天三夜，连嘴唇都紫青了。蝶吉用手一按摩，也许是温暖的亲情缓解了疼痛，母亲竟然香甜地入睡了。大约过了三个钟头，母亲像是忘却了病痛，用枕心压住胸口坐起身来。这个时候，蝶吉有生以来第一次仔细端详了母亲的模样。

　　"长得酷似纪之国屋呢。"

　　蝶吉如此形容母亲的长相，母亲的名字叫绢。

　　那时，她把女儿托付在大坂屋，孤身一人在葭町工作。她拼命赚钱，一点点还债，不到五年时间就给自己赎了身。之后，又有人帮她自立了门户，开了家青楼。当时有人劝她包下一名技艺高超的艺伎，母亲鉴于自己的身世，觉得即便是包下艺伎赚到钱，用肮脏的钱替蝶吉赎了身，也大概不会有好下场。而且再次重操旧业，弄不好会越陷越深。即便是用包艺伎的钱替蝶吉赎身，也不能放她在自己身边做这个营生。虽然有人待她很好，但到底也没到替她女儿赎身的分儿。靠她一个女人，在养活自己之余，想靠攒下零碎钱给蝶吉赎身谈何容易。就算办到了，做母亲的从事这种营生已经违背天意。与其这样，不如牺牲自己的身体，靠神佛的力量，在冥冥之中去拯救蝶吉吧。说到底，母亲二人同操贱业，或许是前世注定、逃脱不掉的命运吧。为了赎罪，母亲嫁给了一个叫作间黑源兵卫——人送外号"疯狗"的人。他住在花川户町后街的长排屋，靠给人介绍工作为生，主要是给米店介绍零工。

他介绍流浪汉去各家米店去做工，阿绢就负责四处收工钱。桥场①、今户②一带就不必说了，就连本所③、下谷④，甚至更远的日本桥⑤一带，也要穿着草鞋子跑来跑去。煮饭、烧菜、打水、擦地，无不需要身子羸弱的阿绢一人去做。她天还没亮就要起来，一整天都要拖着步子去各户店铺去收工钱，晚上回家还要给老头子斟酒，拔火罐，按摩腰肩，伺候他就寝。接着，去给那些住在她家的流浪汉发放工钱。那些人二楼住三人，店里住五人，就这么交替轮流来她家借宿。阿绢按比例发给他们零用钱，再扣掉房费。她噼里啪啦地扒拉着算盘珠子，什么减五剩二的算着账，即便是算错三厘钱，源兵卫也会揪着她的发髻，将她拖倒在地。嫁了这么个残酷无情的丈夫，她只得坐在柜台算到半

---

①东京都台东区地名，现行地名为桥场一丁目、桥场二丁目。
②东京都台东区地名，现行地名为今户一丁目、今户二丁目。
③东京都墨田区。
④东京都台东区。
⑤东京都中央区。

夜，累到筋疲力尽。算完之后，才叹一口气，拖着累成棉絮的身子，去陪丈夫睡觉。

何苦如此！无论是教人跳舞，还是收弟子教三味线，她都可以安安稳稳、清清白白地活着。即便是身陷囹圄，去服苦役，都不至于受这般苦楚。母亲当初告诉蝶吉，她偏要去受这活生生割肉般的苦行，并不是要给自己赎罪，以免受下地狱的苦难，而是为了蝶吉。

诚然，也许她自谋生路，命运也注定如此。然而阿绢没有想到，经年愁苦辛酸，不得一日闲暇的生活，令她身心俱疲，大约一个月前害了病，卧床不起了。那个丈夫疯狗源兵卫见她这般，竟把她扫地出门。她无力争辩，也无处安身，便投奔了这位耳聋烂眼的老妇。老妇的儿子曾经由源兵卫介绍去春米，也自然受到过阿绢的关照。只是他不争气，犯了偷盗罪，如今在服苦役。以前，由于儿子的缘故，老妇受到过阿绢的恩惠。她不忘旧恩，把阿绢带到家中照顾。但老妇本来就生计苦难，又耳聋听不到，根本照顾不来，连要一杯水都听不到。阿绢接受这样的照顾，设身处地替她想想，她的心中会是何滋味呢？蝶吉明知这个状况，却连一个晚上都不能在母亲身边照顾，她又是什么心情呢？人大概就是在这种时候会抱怨神明吧？

不知不觉过了晌午，老婆婆殷勤地准备了简单的饭菜，菜是咸鱼串和油炸豆腐。

"妈妈来烤烤火吧。"这句话成了阿绢毕生的回忆。感知死期将近，她出现了回光返照，有气无力地倚在火盆上。虽即将入夏，老妇还是怕她着凉，要在身后给她披上一条破烂成海带条的被子。阿绢一边说着，"这个太脏了，难得的好菜饭也不香了"，一边把它扒拉下来。

蝶吉明白母亲的意思，脱下自己的外褂给母亲穿上，说："这件挺素的，妈妈穿着正合适。"

看着女儿欣喜的模样，阿绢一面穿上外褂，一面仔细端详着和服的面子和里子，说："峰儿穿得很讲究嘛。"蝶吉的母亲兼具故乡京都的国色天香和江户的倔强劲儿。无论在仲之町还是葭町，艺名阿小的蝶吉母亲，都颇有名气。年仅三十三岁的她，在她最后的大厄年的那一天傍晚，留下遗言说让蝶吉自己去挑选中意的男子，便撒手人寰。丢下蝶吉在日本这茫茫人世间，而且又是在花街里，孤零零一人。之后没过十天，小石川柳町到丸山的洼地发了大水，一辆货车被洪水冲过来，也许是撞在了支撑地板的横木上，撞塌了地板，老婆婆也溺亡了。也没人给送终，蝶吉感念她照顾临终母亲的恩情，就将她葬在了同一座庙里。

蝶吉至今也没能给母亲墓前立一方墓碑，但只要有空就去扫墓。在没有遇到梓之前，紧紧地靠在母亲的坟头，就是她无上的快乐了。

蝶吉坚信她能遇到梓，都是亡母阿绢牵的线。有天晚上，她张开手掌给梓看。她指尖被染红了，就像血渗出来一样。梓纳闷地问她缘故，她说是今日上坟，用湿手攥了线香。她紧贴着梓哭道：

"我这辈子只和妈妈吃过一顿饭啊。"

她的手冰凉，梓不由得紧紧抱住她，关切地问：

"你家信仰什么宗派？"

"不知道。"

"问一下不就好了。"

"那多奇怪啊。"

"那你上坟时念什么经？"

"就拼命念'南无阿弥陀佛'。"

一想到这个女子，就这么一个人在坟前哭泣，梓就紧紧抱住她不忍松手。

"唉，怎么能抛弃她呢？况且蝶吉从孩童时就对这个世界抱有怨恨、偏见和愤怒。可以说，她下定决心用自己的手腕玩弄一众好色之徒，让他们生不如死来报仇雪恨。恨不得啖其肉，喝其血，来疗慰自己心灵的痛苦。刚好赶上母亲去世，她壮志未酬。她还未曾欺骗玩弄过任何一位男子，这自不待言，她甚至连一句奉承话也没有对男人讲过。她就这样把干干净净的自己，全部献给了梓。她就像一位亡国的公主，家园被损毁，树木遭砍伐，海枯山崩，百姓被荼毒，妇女遭侮辱。她心怀复仇大计，卧薪尝胆，受尽辛苦，如今却忘掉那劲头，抛却了自尊，只是乞求梓怜悯自己，期冀得到一丁点儿的同情。普天之下，再也没有像她这般可怜可悲之人了。又怎能抛弃她呢？契约期限所剩无几的蝶吉，自从借款给母亲办完丧事，就觉得在这世上孤苦无依，悲凉之余变得有些自暴自弃。本来就只能喝几杯而已，如今酒量越喝越大。有次在酒馆喝得酩酊大醉，深夜回来的路上，醉倒在夜深露重的京町大街上。她冻得肌肤和骨头都苍白发青，在月光的照射下，仿佛染着一层白霜。幸得被路过的建筑工人发现，把她抱回大坂屋。她虽苏醒过来，胸口却猛地一阵绞痛，从此落下了病根。隔三天左右就要发作，最后由于疼痛难忍，咬紧牙关也还是忍不住惨叫不已，抓挠着草席子痛得在上面打滚。老鸨嫌她太吵，就绑住她手脚，用手巾塞住嘴，还借口让她清醒，脱掉她的布袜，给她的脚拇指缝连续施灸。直至她长至妙龄的今日，那脚上的火燎泡的伤疤依然历历在目。蝶吉用遗憾的口吻，摇晃着肩膀，像是对妈妈撒娇一样，并拢双脚，夹着浴衣的下摆，露出小巧的趾尖给梓看。她眼中噙着泪，看到酒馆的纸隔扇上破了一个螃蟹形的小洞，就边伸出脚勾起脚趾去剜那个洞，边用训斥的语气，说：

"补一下不就好了吗？怎么回事呀？怎么回事呀？"

"傻瓜！"梓责备她道。而蝶吉总是酸着鼻子，双眼含泪，又欣喜地凝视着训斥自己的梓。梓无法忘记这一切。这个无依无靠、不得要领、孤苦伶仃的人，只是一味地依恋着自己，他又怎能忍心抛弃她呢？

蝶吉对那时用如此残忍的手段"照料"自己的老鸨愤愤不平，她忍无可忍，一怒之下来到了天神下的荐工所。在她犹豫是去柳桥还是选葭町的时候，有人悄悄来劝她，说这是天底下最大的秘密，要挑选十二名妇女和一个梳头的，两个做针线的，一个厨子，一名医生，再加上三名服务员，由领队带着赴巴黎和芝加哥参加博览会，去展示日本妇女。会场都设在玫瑰花丛中，四周还围上朱红的栅栏。每日给三元工钱，为期十个月。蝶吉心想，反正自己孤苦无依，即便是死在东京，也无人关心，不如去当展览品算了。就在那个节骨眼上，蝶吉在澡堂前偶然遇见了梓，对他心存依恋，幸而避免了被禽兽玩弄的命运。说到这段经历时，蝶吉大模大样地坐着，说道：

"我是想这么着，耍耍威风给他们看呢！"

梓忍不住，扑哧笑出来："你不说'我乃好斗的母鸡是也'吗？"

蝶吉莞尔一笑："差不多吧。"她也是大大咧咧没限度，目光短浅得没边际了。

"我不在的日子里，阿蝶，你还不知道要遭什么罪呢。"梓甚至不能呼吸，"可你真不该把孩子打掉，做出这种不知深浅的

154

事来，逼得我只能跟你分开。"他搂住蝶吉的脖颈，一字一句地把自己对蝶吉的一片赤诚，把长久以来时时刻刻感动着自己的至怜至爱之情，毫无保留地和盘托出，讲给蝶吉听。

蝶吉听到一半，变了脸色。梓每讲一句发自肺腑的话，她都像不堪忍受对方看到自己表情一样，或左或右地把脸别到两边，恨不得逃走。但梓的手越来越用力，声音也越来越大，心意也越发坦露无余，使得她失魂落魄，动弹不得。乃至听到他谈及那件事，她终于颓然地低下了头，额前一缕秀发垂到梓的胳膊上，冰凉凉的，梓心动一颤：难道尘世的风真要无情地吹散自己亲手折的这朵女郎花上的露珠吗？

"打一开始我就觉得，像我们的这种关系，迟早会落个悲伤的结局。所以每次都垂头丧气地想过来跟你谈谈分手的话，每次都下定决心一定要说。只是每一次，你说的话，做的事，只是一味地让我爱得越来越深。每一次，我都像被打了麻醉剂一般。"

"现在，我在家里也待不下去，隐居到深谷里。事已至此，本打定主意破罐子破摔，不管流言蜚语如何，也不问世俗道德怎样，都豁出去要跟你在一起。就在这当儿，听到了那个晴天霹雳的消息。"

"阿蝶，你糊里糊涂，不谙世事。但凡是堕过胎的女子，即便她不知道那是犯罪，是耻辱，然而即便心已腐烂，只要还长着人的鼻眼，披着人的皮囊，就不能跟那种女子在一起。我这么说，你大概会怨恨我薄情寡义吧。正如我经常跟你说的，我的亲姐姐和堂表姐妹都是做跟你一样的营生，而且都对我照顾有加。也不知是什么缘分，你也曾施恩于我，我明白事理。说来怪不好意思，看我这副模样，也坐过马车，被人恭恭敬敬地唤过老爷。但我从来没有大声支使过你。你身为艺伎，却总是对我说：'你太温和了，靠不住，我总觉得有些不安。我想你能狠狠地骂我一顿，大发雷霆，来抽我一耳刮子。'被一个男人迷恋至此，也算是你的福气吧。我往家乡寄去的信上，对那几位被人玩弄的女子始终恭敬地叫'姐姐大人'。我明知照自己的身份不该如此，可是只要你来信，我在回信中一定会在你名字后面加上'女士'。倒不是为讨你欢心，是为了当你的情郎才这么做。"

"道理我都懂，不管外表如何，我从小养成的习惯，真心实意地把你当作朋友。我受过你的关照，又觉得你可爱可怜，所以不顾一切地跟你在一起了。"

"我打心底把你看作出色的女子，看作闺秀，看作太太。我并不是在说奉承你的话。贫家女子也能乘玉辇，说不定你也会被哪个有身份的人看中。但那样的男人，无非是要获取你的芳心，让你喜欢他、迷恋他，最终还是为了玩弄你。"

"这跟用上等的饲料养肥再宰杀吃掉的鸭子有什么分别？那些游手好闲的或者街上年轻的小伙子也许有可能，但是被真正有身份的人爱上，艺伎里面你是头一个吧。"

"就把这当成一段回忆，求求你放手吧。你不妨跟别人说：神月曾是我的丈夫。也可以试着告诉他们：我们是由于不便明说的原因才分的手。这不会让你蒙羞的，喏，知道了吗？"

"等你再稍微长点岁数，懂些事理，就会理解我的心意，知道我这么做的道理，也能意识到自己究竟做了什么。你一定要保重身体，好好忍耐，不要草率行事。虽然分手，但我不会抛弃你。我会永远在心底思念着你。"神月早已潸然泪下，而蝶吉已如同死人一样。

"我说的都没有错，不要再图潇洒穿不夹棉的衣服了。也总跟你说，接下来天热了，也不要把冰捣碎了浇到饭上吃，还有不要再过度饮酒了。喏，你要注意啊，今年是你的大厄年。"梓语重心长地说到这儿，突然意识到了什么，松了松手，"酒醒了吗？冷不冷？"

"不。"蝶吉若有所思，谨慎地小声回答道。

"是嘛，要是再着凉了可就糟了。"

"嗯。"蝶吉回答得天真坦率，小鸟依人得毫无隐瞒。梓照例一听到这声音就百感交集，对她心生爱怜。

"身体已经完全康复了吗？"

"嗯。"

"你就是个任性的孩子，脾气又倔，整天气势汹汹地横冲直撞，但骨子里却是个十足的胆小鬼，我这才担心你呀。最近没跟你家姐姐吵架吧？"

"呵呵。"蝶吉差点儿哭出来，勉强在半边脸上挤出一丝微笑。

"还是会梦到妈妈吗？"

"嗯，"话音未落，蝶吉背过脸去，用手攥着印着车轮和车帘的蓝色和服的火红绉绸里子，扯出来擦了擦泪水。

"不要再说了。我心口好堵，可笑吧。"

她说着撇开袖口，睁着大眼睛，好像故意不去看梓似的，凝视着别处。

"哎呀哎呀，不行啊。"

她俯下身子，闭上眼睛。

"你放开手吧。"

那声音若有若无。

梓知道蝶吉还不至于方寸大乱，就照着她说的放了手，原以为这神情恍惚的女人会直直地向后倒去。

然而，蝶吉却稳稳当当地双手交叠放在膝头，出神地望着梓，细声细语地说："你……"

"怎么了？"

"求求你，不要看我的脸。"

梓不由得背过身去。火盆中的炭火快要熄灭，竹罩灯的光也暗了下来。只见两扇屏风上画着纤瘦的芒草，枯萎的女郎花和桔梗花，散落满地。黑云密布的天空上，月儿斜挂，朦朦胧胧。在昏暗的灯光下，绘着凄楚秋草图的两扇屏风，宛如幻影，空幽寂寥。

"我要哭了，你可以转到那边去吗？"

梓冷彻心扉，却俯身点了点头。蝶吉转过身，屏风上映出她的身影。她紧紧地抱着胸口。

和服的长袖，从两侧轻轻地拢过来，更显得身体清瘦。纤细的指尖露在肩膀上，散落的岛田髻，几缕青丝摇动不已。她定定地端坐着，突然像折断了一般倒下身去，像花儿凋萎一般，压低声音呜咽起来。梓也忍不住了，背对身去。二人模糊又单薄的身影，映在那秋草图中，没有风，却见影子在颤动。两个人，一个面朝草席，一个对着墙壁，屋内的影子分开了。

半票圆辅

"那么……"边招呼着边拉开大和屋的格子门进来的是三游派①的落语演员圆辅，他时而在酒席上剪烛花，时而在曲艺场演压轴。每逢演压轴戏，定会给老主顾送上半票，所以人称半票

---

①落语的一个派别，以三游亭圆生为师祖。

159

圆公，是个豪爽汉子。这天晚上，铃木①散场后，不凑巧没人拉他一起去喝杯酒，回到家也就只有妹妹一人，不顶事儿，所以经常跑到附近大和屋来坐一坐。且说这个半票圆公，就从御神灯下面，探出那张轻车熟路的脸来。

"哟！"有人从长火盆前怪声怪调地应了一声。是这家的老板娘吗？不是。是老女佣吗？不是。正在碾茶的包身艺伎？不是。是猫儿？不是，也不是，都不是。是汤岛天神中坡下的松寿司家的儿子源次郎。这个男人掌握了不花钱玩女人的诀窍，让人无可奈何。他每晚都像燕子一样在钻过数寄屋的御神灯，特别是这个大和家，还有一个叫蝶吉的、让他神魂颠倒的女人，他巴结起来更是非同一般。别人家的纸拉门坏了他都给修似的，多管闲事地给艺伎跑腿，还给老女佣帮忙，甚至一有工夫就在长火盆前替人家的猫梳理毛发。运气好的话，还能扯扯雏伎的袖子，拍拍女佣的屁股，捞到这等好处。不过，最近他不但在蝶吉那儿碰了钉子，被头儿烧了木屐；还被这家老鸨臭骂，说他占了自家艺伎的便宜，简直就是狮子身上的寄生虫。他赶紧点头哈腰地道歉，说以后一定牢记，今后还请多多关照。这么着，今晚又来了。

不凑巧，艺伎出门陪客去了，女佣忙忙碌碌，老鸨也有事

①指铃木曲艺场，位于现东京都台东区上野二丁目。

外出了，火盆里的灰都干干净净，铁壶灌上水也很快就煮开了。这个风流种儿无事可做，抱起猫儿来，又抚又搓的，一会儿问它："你怎么啦？"一会儿又揪耳，数须子，百般折腾。连畜生也受不住了，喵的一声抖着身子想要逃走。他岂能容它逃脱，于是紧紧抱着猫脖子，接着手托着腮，忽地闪出一个念头，模仿起"雪中抱子寻乳恩爱深"的桥段来，故意做出一副愁容不展的样子，就在这时，那位半票圆公招呼了一句"哎"。

"师傅请进，欢迎。"他俨然一副大当家的姿态，招呼道。

圆辅瞬间明白了，他四下打量着：

"唉，原来如此。好不容易出来一趟，竟然还没人招呼。鸨儿姐去哪儿了？"

"听说又是这个。"他说着，朝那凹陷的脸正中央指了指。一根手指把近视镜直直地划分成两块。这位俳句师傅心血来潮，今晚打扮得甚是潇洒。短袖衫上系个三尺带，挂着素花绸子烟袋包，插着象牙烟袋杆儿，处处都显露着他的品位。

圆辅身穿两件碎花薄绉绸和服，他隔着衣服，用手掌捋了捋自己修长的膝盖，捋了三下，颓然地把头一低，说：

"那么……"

"怎么了？看起来垂头丧气的，没交到新情妇吗？"

源次郎斜倚在挂着三味线的柱子上，若无其事地问道。

圆辅又从耳垂捋到脸颊："不是，对了，哈哈，说到这儿，你的那位相好去哪儿了？陪酒去了吗？"

"哦，说是出远门了。"

"哈哈，出远门了吗？这事那事的，你也够烦心的吧？是吧，情种儿？"

圆辅用轻浮的语气边说着，边戳了戳源次的屁股，源次立即夹紧腿，撒娇似的说："别闹了，说什么呢，真没劲。别看我这样，我也有要操心的事呢。喂！"

"哟，操心！"圆辅夸张地撑着手，仰着身子，

"动真格的啦，队长。真是佩服。操心起来了。浑蛋，请客，请客。"

源次窃笑道："等她回来，让她请吧。"

"这可不敢当。"

"不，师傅，不开玩笑，等蝶吉回来，我自有办法让她请咱们喝一杯。纵使她抠门小气，也能吃上鳝鱼或者鸡肉。最起码也能去冈政潇洒一把，运气好，她兴许还能大掏腰包，到伊予纹去。我可是开寿司店的！甜东西她本人吃不惯，能去的也就这几家吧。喏，你就瞧好吧。"

"当真？"

"嗯，当真。"

"了不起！"圆辅大叫一声，冷不防地鞠了一躬，又抬起头，端正坐好，"到底去哪儿呢？这么一来，真是盼她回来。"

"听说是八丁堀。"

"果真是挺远的。几点去的？"

"前天晚上就去了没回来，也是这个。"源次指了指鼻子①，"嗯，刚才派人来说，今晚无论多晚都会回来，是吧，阿升？"

厨房传来女佣的应答声：

"是。"

"唉，喂，阿富。"

在另一个房间的正中间，阿富对着托盘，将饭桶和茶壶拉到身边，借着这边的光，正扒拉着饭。正所谓"日暮秋色里，幼子独进食"。

"是的"，可怜巴巴的雏伎应了一声，又咕嘟咕嘟地喝水。

"确切吗？"

"说是一定回来。"

"太好了！"

正说着，哗啦一声，门开了。

圆辅回过头，喊了一句："哎呀，回来了！"

他让出路，转过身去。

源次伸长了脖子问："谁啊？"

"是蝶吉姐啊，什么谁啊谁的。"

---

① 日语中，"花"与"鼻"的发音相同。源次指鼻子，意指蝶吉去玩花牌了。

"是吗？"源次说着，放下猫，端正了坐姿。

蝶吉颓然憔悴地回来了。她头发凌乱，目光无神，一身家常打扮，系着围裙，扎着缎子腰带，穿着蓝底花条纹的棉布半袖衫。梳着紧实的银杏髻，年龄也看上去比实际显老，脸颊看上去也消瘦了。她落寞地进来，目不斜视。看都不看旁边的人，漠然地走向二楼。

圆辅盯着她，眼看希望就要落空，异常一本正经地招呼道："您回来啦。"

蝶吉只是应了声"回来了"，就板着脸咚咚咚地上楼了。

"情绪不好哇。脸色也差得吓人呢。看样子是输了牌，这下请客的事儿也泡汤了。"圆辅摸着锃光闪亮的前额说道。

"不，师傅，请客跟打牌输赢没有关系。倒是情绪不佳，是这阵子常有的事儿。也不是凉粉做的梆子，总是兀自气鼓鼓的。"

"还是……"圆辅把话咽了下去，"那事儿吗？"他一副心领神会的样子。

源次默默点点头。

圆辅压低声音说："那什么，说是那个叫什么神月先生的知道了那事儿，提出了分手，是真的吗？"

"嗯。"源次一副不愿听的样子，爱搭不理地回了一句。

"也难怪如此。两人在一起也算是郎才女貌、天造地设的一对，只是身份悬殊。说到学士，我说，是很厉害的吧，况且又

164

是华族的爱婿。年轻人之间再怎么郎情妾意，你说说，这么有身份的人，竟跟一介艺伎纠缠，而离开了府邸。这世上还真有糊涂蛋呢。所以我圆辅才果断放弃去念大学，当了落语演员。不过，没脸见人的时候，一听说对方堕了胎，就果断一刀两断，还真是了不起。哼，一个连酒席规矩都不懂的愣头青，到底是有学问的，关键时刻真不含糊，了不起。这么看来，蝶吉神魂颠倒的也不仅仅是男人那帅气的外表。两人不能破镜重圆了吗？"

"怎么重圆？但凡有一点希望，她也不会郁郁寡欢了，早就哇哇大叫地欢腾起来了。"

"确实如此。说来大家都是一丘之貉。她们对她说：'艺伎接客怀孕真是荒唐透顶。挺着个大肚子，会扫了酒席的兴致。虽然临盆的时候不会像蛤蟆食物中毒那样，肠子会咕噜一下淌下来，但光是嘴上说说都觉得恶俗。艺伎怀孕是好是坏，你先去找音羽屋① 问问看。'她们利用她天真幼稚，煽动她喝下打胎药。所有的人，一个不落，都会被她怨恨。哪里还能指望她请客吃饭。哼，没劲！"

圆辅又丧了气。

源次却沉着冷静，淡定自若地说："师傅不用担心。你可真是够多心的。"

---

① 歌舞伎艺人的家号，始于尾上菊五郎。

"可是你看看那脸色呀。一定是在八丁堀玩花牌输了钱，又是对着我这个积怨已深的仇人，哪还能指望她请客呢？"

"当然是请我，你去作陪啊。"

"唉，你，也不像有资格被她请客的样子呀。"

"当然有，有的！这一点不瞒你说，我阿源可是成竹在胸。"

"那好，先拿赌注来。"圆辅步步紧逼。

"赌注好说。要是赌输了，师傅，把这献给你怎么样？哈哈，虽然是个不值钱的小玩意儿。"

源次故意炫耀似的拿下腰间的烟袋包。圆辅翻过来，捏了捏。

"要是弄不好，这可是你腰间之物。真能'君子一言，驷马难追'？"

"可不，我可是江户儿。"源次模仿着谁的口气，斩钉截铁地说。

"了不起！"大叫一声，深深行了个礼的圆辅，吃惊地抬起头来。

二楼传来蝶吉的声音：

"富儿！富儿！"

纸糊狗^①

"在，"雏伎拖着长腔应了一声，挪开饭桌站起身，在楼梯口斜仰着脸，天真可爱地问道，"什么事？姐姐。"

"那个，我今晚不舒服，不管是哪边来叫，酒席一概推掉。要是姐姐回来了，就说我说的'不好意思，我先睡了'。"

"好的。"

"听清楚了吧？"

蝶吉从回来就一直闷闷不乐，什么也不做，就呆呆地站在衣柜前面。

吩咐完雏伎，斜穿过房间，从楼梯口折回衣柜前时，发现最上面的抽屉半开着。蝶吉愣愣地站住，不由得自言自语：

"哎呀，难道是我打开的吗？"她一直把神月的照片放在这个抽屉里。

自此神月彻底跟她断绝关系，尽管没有人，神月也不会知道，但蝶吉总觉得就连看到照片，也会感慨人世无常，事不遂人愿。如今特意不去看，倒不是因为徒劳无益，睹物思人，更

①儿童玩具，用纸糊的狗，小孩满月或者"七五三"节以及三月三女孩节时，送给孩子用以避邪的礼品。

添相思苦，而是她觉得因为自己的过错，对方已经说了分开，所以即便是照片，她也不应该去看。

她用手扶着抽屉沿儿，犹豫不决地踮起脚尖，战战兢兢地想要偷看一下，却闭上了眼。她徒然地靠在抽屉上，支撑着身子，想起之前有好吃的东西都先供在照片前，然后再撤下来自己吃。她再也忍受不住，背着身关上抽屉，随即像丢了魂一样，魂不守舍地双手掩面，就那么俯下身子哭了起来。

良许，蝶吉像苏醒过来似的，抬起头。

对面的角落里，有一扇小小的两折人偶屏风。从屏风后面，露出一截友禅染的薄睡衣下摆。没有风，灯火纹丝不动一片冷寂，那里孤零零地躺着一具华丽的尸体，那是蝶吉侍弄的布娃娃。睡衣是素来陪梓睡觉时穿的那件印着车轮花纹的长襦衫改的，配着红绢里子，溜着淡紫色绉绸裙摆，棉花也是新的，蓬松松地装在里面，衬着天鹅绒的衣领。用屏风在草席子上隔出六分之一张席子大小的地方，铺着两床黄八丈的棉被，放着小枕头，让娃娃睡在上面。天花板上吊着一只精致的纸糊大狗，耷拉着四肢，一动不动。蝶吉本来是一个为所欲为的野丫头，以她的性格，就算会想要骑骑自行车，也不会想玩布娃娃。因为堕胎，神月跟她断了情缘。当神月告知她分别的原委，她才明白自己的罪责。彻悟了一切之后，她觉得正是因为有缘，孩子才投胎到自己腹中，却还没见天日就赴了黄泉。她会怀着愧疚一直这么侍奉，直到哪天自己追上他牵起他的小手。她像宠爱真的孩子一样，起床后给布娃娃换衣服；抱着它去看风车；还把它抱在怀里，将小小的乳头摁到布娃娃嘴边；并排着枕头，搂着它睡觉。在旁人看来，这样的她简直就是个疯子。

"哎呀，头好重，心口疼，浑身乏力，去睡觉吧。"

蝶吉并排放好枕头，和衣而卧，捹了捹和服下摆包住脚趾尖，把洁白的玉臂搭在娃娃的薄睡衣上，靠过身来，把脸贴了上去。

"宝儿，你怎么了？是妈妈不好，玩花牌输得精光回来了。我已经两天两夜没合眼了，头像要裂开一样，真不好哇。在地窖里，六个人一桌，没日没夜地点着灯，觉得喘不过气来，就在那边泼上醋。我像要死了一样。自从被你爸爸骂过，我就决心不玩花牌了，水也是煮沸了再喝。可是，妈妈还是被抛弃了。就算保重身体，又有什么意思。所以呀，从一开始我就一直说，'要是被你抛弃了，我可如何是好'。可是，他还是抛弃了我。还跟我说，'不要草率行事'，我才不管呢。要是不赌一下五元的花牌，让脑袋清醒一下，我都不知道自己是不是还活着。"

"不过啊，我要是投河自尽了，就像是故意责难他似的。不知道他要怎么替我担心呢。而且要是他厌弃了我，死后也不能相守的话，可就糟了。虽然他说不是讨厌我，而是拘于世俗伦理，可我觉得他是自私。"

"反正我也想快点死去，无论怎样，都无所谓。宝儿，你要是活着就好了，可你只会眨巴着眼睛，什么都不说，一点都不带劲儿。要是我也死了，死人跟死人，你就会对我讲话了吧？因为你爸爸说，'你是在毫不知情的状况下做的那事，所以会宽恕你的'。宝儿，我对你做了这么残忍的事，你大概当我如恶鬼、如蛇蝎。请宽恕我，叫我一声妈妈吧！"

她摩挲着娃娃，却又突然仰面躺下，把手对着昏暗的灯光看了看：

"哎呀哎呀，瘦了呀。彻夜不睡，连澡都没泡，所以黑了。就这样渐渐瘦下去，消失了才好呢。"

她攥住袖口拉到肩膀处，扯到上面的和服翻了过去，露出两只手臂，手臂上戴着一只天鹅绒的腕符，用金属手环扣着，几乎嵌入了柔嫩的肌肤，上面隐蔽地刻着"神月"的第一个"神"字。

蝶吉圆睁着清澈的大眼睛，神情恍惚，她从枕头上抬起身，突然不顾一切地咬住腕符，摇着头，晃动着头发。

"不要，我不要。我不要分开，不要！不要。我不要分开。"

她抽泣着，浑身颤抖。

"看一看照片，没关系的吧？不行吗？唉，管它呢，我不管了。"

她正要霍然起身，那只纸糊狗模模糊糊地映入眼帘。

"唉，"她叹了口气，猛然倒在枕头上，咂吧着嘴，"睡吧！"

她说完倚靠过去："让我睡边上吧。宝儿，来，吃奶。"

说着，不顾体面地扒拉开衣服，托着那柔软雪白的东西送过来，一看，布娃娃的脸消失不见了。

心神不宁

"哎呀，奇怪……"

蝶吉大吃一惊，神色变得严肃起来。她记起来，出门时曾把薄睡衣的衣领盖在娃娃脸上。

"咦，刚才还看到脸来着，明白了，难道是幻影？"

她不禁毛骨悚然，环视四周，莞尔一笑。

"喂，我就觉得你跟他像。你倒狂妄起来了。"说着，轻轻在薄睡衣上拍了拍，手却软绵绵地陷了进去，空空地没触到东西。

蝶吉"哎呀"一下，想了想，轻轻地拉开衣领，战战兢兢地掀起睡衣一看，衣服的里子翻了出来，像一朵牡丹花，衣服和床垫之间，连一张纸都没有。

蝶吉疯了一般，叫了声"富儿"，就直挺挺地跳起身来。

"奇怪……"此刻端端正正地靠在书桌旁，把目光从正读着的《雨月物语》^①移开，望向房间一角的，正是寄居在谷中瑞林寺中一间的学士神月梓。

他正襟危坐，手抚膝头，陷入了沉思。随即，把借来的读经桌拉到身旁，取下放在上面的香盒，拈起一根香。那只香盒据传是由某殿庭园内的老梅花木雕刻而成，是他的爱玩之物。

"这样可不行。"他像是告诫自己一般，嘟囔了一句，看了眼煤油灯，又重新伏案读书。因为屋子宽敞，灯光照不到的昏暗旧屏风外，传来咳嗽声。

"先生，在用功吗？"边说着，边安静走进来的，是寺院的住持高僧云岳。

他走到学士跟前，作了个揖，一脸深受触动的样子，说道：

"打扰了。原本是想过来跟您再下一盘。听您在朗读，就在外面候了一会儿。您读的什么？很精彩啊。隔着拉门，断断续续的，文章内容听不真切。不过先生，不可思议的是，今夜您的声音，就像白莲花上滚动的露珠，或者说像是映在溪流上的明月，清亮悦耳，难以用语言形容。让听者入迷，引人入胜，听着听着，不由得寂寥凄楚，悲从中来。您究竟读的什么？"

梓仿佛被道破了心机，回道：

"有一桩怪事。师父，我读的是您也知道的《雨月》。不知

---

①上田秋成所作读本，由九篇取材于日本与中国的古代怪谈组成。

怎的，我也听自己的声音听入了迷，时不时觉得惊奇。就像是一滴一滴地喝着清冽的冷水，唾液凉凉的。最近不知怎么了，就连说话的时候，唾液黏糊糊，舌头滑溜溜的，难受极了。唉，就像身体一半变成了水，要融化了，又像被月之水滴清洗过一样。那样会是很清爽，心旷神怡吧？可并非如此。这块儿……"

梓话说一半，像是感到冷似的，从冰冷的衣服上按住胸口。他闭门不出，谢绝来客已经两个月有余，肤色越发白皙，眼神越发清亮，双唇也越发红润，头发长长了些，但却更添了几分光泽。他清瘦俊俏的面容，看上去令人震惊。

"大概是心神不宁吧。"

黄莺

"倒也不觉得疼，只是痒痒的，心里空落落的。拿东西压着，就像心悸似的，怦怦直跳，憋闷得厉害。坐着不动就像要倒下似的。为了转移注意力，才出声朗读起来。我自己都觉得吃惊，就像您说的，那声音果真是清亮吧。"

"那音调直通幽冥，连恶鬼畜生都不禁侧耳倾听，如同在听韵味深长的音乐。真是有咄咄怪事呀，那么您的心情还是……"

"我感觉像是附体的恶灵放开了自己，这该怎么说呢，应该

173

还是那件事吧。"神月面带微笑，又带愧色地望着僧人两鬓苍苍、如同枣形的面庞，"事实上，我怎么也割舍不下……"

在这里有必要交代一下，梓是在迷信算命、抽签、席卦和占梦的一群人中出生和成长，并且被教育起来的。

刚开始与蝶吉在歌枕幽会时，神月已经做了玉司子爵家的女婿，一掷千金也是轻而易举，所以把蝶吉救出苦海，也并非难事。

与别人不同，神月鉴于自己的过往经历，本就了解花街的女子反而更真诚和善，情深意切，尤其是带着一股侠义之气，但到底不是纯洁美好之身。他的手掌和前额，几乎未曾流下一滴污浊的汗水，全身连一颗黑痣、一块疤痕都没有。当他把这如玉的身体，置于歌枕的屋檐之下，与蝶吉同床共枕之时，尽管欲火焚身，却仿佛火中有一条冷龙护体，并没有让眼前婀娜窈窕的佳人玷污梓的肌肤，与蝶吉的枕头之间也隔开一定的空隙。某天清晨，蝶吉忽然醒来，摇醒迷迷糊糊的梓，惊讶地环视着四周，向梓讲述了她的梦境。在梦里，她手里握着三束含苞待放的菖蒲花，站在黑暗里，周围忽然明亮了，阳光照射进来。一沐浴在金黄的阳光下，眼见着三束菖蒲瞬间一齐绽放。这是为什么啊？她天真烂漫地问梓。梓正被噩梦魇住，在幻境中深受苦难的折磨，冷汗直流，此时听到这个梦境，心生羞愧，面红耳赤。与那朵出淤泥而不染的圣洁白莲相比，自己的心反倒肮脏不堪，学士这才深深懂得了蝶吉那颗洁白无瑕的心。

还有一次，蝶吉被一个有地位的军人一伙叫去陪酒。席间不仅言语冲撞蝶吉，还醉醺醺地要去探她怀里的那块美玉。蝶吉怒火中烧，抬手就抽了那家伙一记耳光。那家伙气急败坏，像张飞一样虎髯倒竖，朝着她的侧腹狠踢，痛得蝶吉呜呜大哭，依然不肯罢休。当天的东道主说对不起客人，就拖起半死不活的蝶吉，由两个人按住双手，拿小刀割下她前额的头发，将她轰了出去。在场的其他艺伎、女佣以及跑上来的年轻伙计，都吓得浑身发抖，不敢上前劝阻。当蝶吉颤抖着，懊恼地跟梓讲述这段过往时，梓恨不得立刻带她坐上车，把她移栽到自己的花园里。

不仅仅限于那个时候。女人说，不愿意给他添麻烦，要做一辈子的艺伎，只要他不抛弃自己就好。梓耳闻目睹的皆是这位女子的率真个性。他每每怦然心动，都忍不住想为她赎身。可是这里要提的是，他的性格中天生地带着某种迷信，凌驾于感情之上。

自打在天神下境内，梓下定决心要报恩以来，一直没有机会。直到次年的一月，在伊予纹举办大学同窗的新年会。酒席上蝶吉也在，同席的还有一位"神机军师朱武"。他住在寄宿公寓的二楼，在六叠大的房间里，有一半都铺上了白熊皮。他坐在上面身着和服便装就能指点江山，控制下谷地区。他老早就设下秘计，埋伏好兵马。当酒席过半，四周哇地发出一阵冲锋陷阵的呐喊声，猛地抢走梓那件印有五个家徽的黑色和服外褂，披到蝶吉肩头。蝶吉说声"真开心"，就把手伸进袖口，套在自己陪客时穿的三层窄袖和服上，系紧外褂，拖着长下摆，悄然溜出酒宴，不见了踪影。席间众人斟上满满的杯酒，祝愿风流男儿梓身体健康，推杯换盏不知喝了多少杯。梓被缴了械，只穿着便服，就像触犯了公馆的家规，靠着夫人说情才得以从后院脱身逃亡一样，被人力车送到歌枕之后，就醉得不省人事，脸色惨白。次日拂晓前清醒过来，蝶吉衣衫未解依然披着那件外褂，一直在枕边照料。见他醒了，麻利地拿来腰带，又提着折叠整理的裙裤腰板交给他，这才恋恋不舍地脱下那件外褂，给梓披上。外褂上的余温尚未散去，还染着她身上的熏香。梓径自回到府邸时，只听客厅里传来女人们叽叽喳喳的喧闹声。他开门一进去，侍女"哎呀"一声，刚跪地行了个礼，一个人就在后面哗啦一下又闭紧了门。挡雨板半开着，仿佛一大早遭到了突发军事袭击一般，有拿掸子的，有持扫帚的，还有的挥着团扇。说是，不知哪里漏了缝隙，客厅里飞来一只黄莺，惹得大家乱成一团。它从门楣上飞落到一钵别人送的梅花盆栽的枝头。梅花开得正盛，宛如洁白的积雪。大家说着"别让它跑了"，举起扫帚。梓拦住他们，脱下那件和服外褂轻轻一丢，就把黄莺罩到里面，落在了地上。

小心翼翼地把手伸进去，拿住黄莺，二十四岁的梓兴冲冲地穿过走廊，来到龙子夫人的卧室，靠在枕畔，唤醒她，炫耀似的把黄莺拿给她看。她只冷冰冰地瞥了一眼，丢下一句"还不到我起床时间"，便头也不回、泰然自若地闭上了眼。

那时，梓就变了脸色。但他并未争辩，说了句"打扰了"，径自走出来，站在廊下，命人去拿鸟笼。等待的间隙，他觉得攥在手里怪可怜的，就给揣到怀里，一边远眺着汤岛的天空。那只黄莺，不知有什么灵性，竟啾啾地在梓怀里啼了三声。

等到鸟笼送来，把黄莺从怀里取之时，它却连翅膀都不扑扇了。梓还以为是跟自己熟络了的缘故，可怜的是，它蜷缩着双翅，耷拉下了头。他把鸟儿放进描金鸟笼，加上那盆梅花，派人专程拿去埋葬。从此这件事就一直萦绕在他心头，每次一想到为蝶吉赎身，明知不至于此，但由于从小养成的迷信念头，总觉得同一件外褂就是凶兆。即便自己把她救出苦海，成为自己掌中的美玉，恐怕不久便会破碎。也许很快就会患病，反倒令她不幸短命。受这种想法的牵制，为让蝶吉得享天寿，他总是犹豫不决。

"既然已经跟她斩断情缘，于自己内心，于世俗道义，我都已问心无愧，说来心中还是割舍不下吧。我打算近期到玉司家去，开门见山地告诉她要跟她离婚，并不加隐瞒地坦白要去给艺伎赎身，跟他们要一笔钱，即便世人说我在索取赡养费也没有关系。自然，我打算之后不再跟她见面，只想救她脱离苦海，让她从良。师父，说来害臊，不过我还是要讲出来。事实上，我内心一直期盼着，多少还觉得和她依然情缘未了，只是暂时不见面而已。"

"刚才不是有一位气质不凡的老妇人来找过我嘛。她很早以前就在玉司家掌事，已经十多年深居不出，尚不知晓火车为何物。她是龙子的奶妈，实际上就是为了那事来的。她来请我回去，说：'小姐就是那个脾气，死都不会把那话说出口。但不管怎么说，她是头一次经历男人。自从你离开家，她就郁郁寡欢，谁都不见。'"

"'据医生说，她是神经衰弱。她患上了失眠症，连着三四天，甚至一周都无法入眠。前几天，正迷迷糊糊地打盹儿，侍女经过走廊，脚步声重了点，吵醒了她。她一怒之下，竟将一把小刀掷了出去，差点插中侍女的胸口。'"

"'这些日子，甚至连房门都不出一步了。无论她外表怎么样，我这个当奶妈的，对她的心事一清二楚。听说您最近谨言慎行，闭门思过，品行也端正了。'"

"这位甚是固执倔强的老妇人，也卑躬屈膝低至此，大概不会有假。"

"我由此了解，夫人虽然平日里那样，但竟然对我如此情深义重。可是事已至此，无可挽回。"

"就斩钉截铁地回绝老妇人：'我谨言慎行，不是故意忍耐给你们看，以求能重回玉司家。请彻底断了那个念头。我闭门思过，仅仅是觉得对不起先祖，才这么做的。'"

"哦，"僧人点点头，沉思片刻，"嗯，您的心情渐渐平静下来，回答得很好。不错嘛。"

僧人顿了顿，望着梓寂寞的面容，问道：

"那么，您释然了吗？"

"嗯，这下子释然了。只要我还抱着这棵摇钱树，内心就想着替阿蝶赎身，这么想着，不知怎的，心底还留着脉脉温情。如今我决绝地打发了侍女，又知道了夫人的心意，纵使我再怎么自暴自弃，也不能厚颜无耻地跟她开口要钱了。这么一来，跟阿蝶也算是彻底断了。如此，我就像是孤身一人被丢到了孤岛之上，无依无靠。说来惭愧，我大概正是由于这个缘故，才心神不宁的吧。"学士那清秀的面容上，浮着寂寥的笑容。

"哈哈，不，你还年轻，兴许也不宜大彻大悟。多迷惘迷惘，也是有趣的。"

僧人以一副真正看破红尘的语气说罢，哈哈大笑，临走时大声说了句：

"给先生看茶！"

梓又伏到案头，但木桌的角也压不住怦怦的心跳。他心神不宁，郁闷不安，几乎要昏厥过去。他再也忍受不住，穿着熏上线香味道的家常和服，出门了。这种时候，他会去的一定是汤岛。

白木盒子

"富儿，过来，富儿，你知道我的娃娃在哪儿吗？"

这位看上去惊慌失措、用带着怒气的声音叫喊的人，正是蝶吉。

"就是那事儿……"

源次听罢，宛如意料之中似的，冲旁边递了个眼色。

"来了呀。"圆辅低声说着，莫名其妙地拍了下脑袋，身子一缩。他清了清嗓子，拿着腔调朝二楼喊道：

"阿蝶姐，你说什么？娃娃？还管什么娃娃呀。别管那个啦。出大事儿了，了不得啦，不得了！"

"什么？"蝶吉冷漠地丢下一句。

"这个嘛，你先来一下。先到楼下来嘛。"

"富儿！叫你呢，富儿！"

蝶吉并不理会，只顾唤着雏伎。

"哎呀，说了叫你过来一下嘛。哎哟，出大事儿了，阿蝶姐，从神月老爷那儿……"

"嗯。"

"瞧啊！"源次戳了戳圆辅，不怀好意地笑了笑。

圆辅更起劲儿了："老爷给寄包裹来了哟。"

"嗯。"

"是神月先生寄来的。"源次也从旁插嘴。

"不认识。"蝶吉虽语气冷漠，但声音里面，却渐渐带上了柔和的音色。

圆辅在楼下听得真切，又说道：

"你应该认识的呀，这位神月先生……"

"别说了。"

"那你也别要了呗。"圆辅装腔作势地与源次互看了一眼，不作声了。

"富儿！"

"怎么还叫富儿？"圆辅说着，盯着来到门槛前杵立在那儿的雏伎，严肃地使了个眼色。

"我不认识。"沉默半晌，她的声音也温柔起来，"不知道什么包裹。"

"都说了是真的啦。你在怀疑什么呢？"源次说得一本正经。

"净扯谎！"蝶吉这么说着，似乎还是稍露迟疑，只听楼梯咚咚地响了几声。

楼下的人故作夸张地阻拦道：

"请稍等一下。阿蝶姐，需要签收哟。你要是下来，请带上钱袋子。"

"好的。"蝶吉富有男子汉气概地爽快应允。她刚才哄娃娃睡觉，衣衫不整，就那么高一脚低一脚地走下楼梯，突然像幼儿撒娇一般说着"在哪儿呢？"，一边走到人前，做出若无其事的样子。

"真够心急的，师傅，请给拿出来吧。"

"还是得先请您签收据。"

"我输得精光，给不了多少。"

"了不起！"圆辅一边撩起碎花绉绸面、缎面里子的薄外褂，从蓝灰色腰带间唰地抽出折扇，砰地放在桌上，推到跟前，接过纸钞。

"吃什么好呢？"

源次收拾妥当："喏，师傅。"

"阿升来一下。"

厨房那边应声道："真是大开眼界。"

"那么，寄来的是什么东西？"

圆辅冲着煤油灯探过脸去，源次则头靠在柱子上，在角落里仰起脸。这两个人在长火盆前，身体交叉成一个 X 形状。

"多谢让我作陪。"

坐在对面的是个名叫阿仓的老太婆。她长着一副年老色衰的老鸨脸，头发花白，眼窝深陷，牙齿却染得很漂亮①。打胎的秘方如何煎制，如何服用，堕胎之后的护理，以及之后身体的保养，所有的程序，都是这个有口臭的老太婆一手操办的。

蝶吉确实收到了一个包裹，这是她意料之外的。尽管她一度听从梓的劝诫，戒掉了花牌，极力克制。可是毕竟年轻，刚才也是玩花牌输到神色衰弱才回来。她心中既觉得对不起梓，又欣喜不已，尽管极力掩饰，还是面露愧色。她颤抖着，把包裹抱到亮处。怕被别人看到，目不斜视地走过去。她激动得耳根都羞红了，天真可爱，恭恭敬敬地端坐着，左右端详。

"哎呀，写着'大和屋松山峰子女士收'呢！"

圆辅吆喝道："峰子女士，哟！"

"别贫了。"蝶吉面露羞涩，翻来覆去地反复打量着。

"神月寄……哎呀，怎么跟平时的字体不一样啊？……怎么像是别人写的。"

她倒不是疑心什么，而是觉得有些奇怪，想要别人给证实一下，这才故意用怀疑的语气呢喃着。

"他故意换字体写的呗，你有什么好疑心的。"老太婆甚是一本正经地说道。

"也是，这个包裹真大呀，装的什么呢？"

①日本自古代开始直至明治时代流行的一种女子化技术，主要是指已婚妇女用泡过铁块的醋将牙齿染黑，以此为美。原在贵族间流行，到了江户时期曾在花街的艺伎中间风靡一时。

183

蝶吉像拿玉匣似的，双手捧着，闭着眼思量。

"是什么呀？"

"奇怪。"

"是呀。"

"我们来猜猜看，要是猜中了，再让她请客，怎么样？"

源次落落大方地说："别那么卑鄙啦。"

"反正是不值钱的小玩意儿啦。"

蝶吉竭力忍住，不要笑出来。

圆辅照例跟着起哄："哟！"

"你就尽情地取笑吧。"

蝶吉并没生气，只是兴冲冲地把包裹斜放在腿上。她取下簪子，小心翼翼地拿在手里。

"封得可真严实呀！"

她边说着，边像名匠绞尽脑汁在雕刻什么东西似的全神贯注，用发簪尖儿挑开了封口。

外面的包装纸打开了，一张"大和新闻"唰地展开在膝头。那里面，里面竟是一个酷似文卷匣的白木盒子。

"快瞧呀，拆着拆着包裹，阿蝶姐的表情都舒缓起开来了。这是为什么啊？真是怪事。"源次挖苦道。

"够了！"

"你也不至于那么生气吧，脸都气鼓鼓的。"

"真是专心致志啊，喏，真受不了，嘿。"

"哎哟，笑啦！"

蝶吉莞尔一笑。

"失陪。"她匆忙抱起箱子，把下摆踢到后面，一溜烟儿上了二楼。

圆辅大吃一惊，瘫软下去："了不得了！"

因为收到了包裹，蝶吉就以为梓已经原谅了自己。她一跑上二楼，就首先把神月的照片抱在怀里。

"请原谅我。我以为你再也不搭理我了，所以就自暴自弃，又去打了花牌。请原谅我，好吧？我辜负了你的一番好意，可我也是没有办法呀。今后一定乖乖的，听你的话。是我不好。不过，我可以打开吗？真开心啊。"她浑身颤抖，紧紧抱住胸口。

这么说着，她还是惦记着盒子里的东西，坐立不安，双手颤抖。那扑通扑通狂跳的心脏几乎要停止跳动，她用照片捂住胸口，拼命打开了盖子。

盒子里面放着一个赤裸的娃娃，身上连一枚纸片都没裹。

"哎呀，好奇怪啊。是为了讽刺我才寄来的吗？已经跟我断绝往来，还对我做这种事，他不是那样的人。"这时她突然想起了自己的布娃娃。

蝶吉感觉像做梦一般。她毛骨悚然地环视这间二楼的房间，这里灯光昏暗，寂静一片，打扫得整洁干净。对了，一听到是

185

神月寄来的包裹，就神魂颠倒，忘记这茬儿了。一想起刚才的事情，她吓了一跳，啪的一声把盒子丢在地上，站起身来。虽然不是顾忌什么，她还是蹑手蹑脚，悄悄地挪过去，掀开被子一看，里面空空如也。她鼓起勇气，大胆地把白皙的手伸到冰冷的小被窝，她精心给娃娃穿上的窄袖和服以及长襦衫，还有绉绸长腰带，都在那里，一样没少。蝶吉屏住呼吸，咽了口唾沫，坐正身子，把那团衣服拉到近前，仔细一看，随即变得脸色苍白。她簌簌地流着眼泪，颤抖着靠过来。

只唤了一声"宝儿"，想要抱起那可怜的赤身布偶，刚抓住布偶的胸脯，头就掉了，手和脚也散落下来，只剩一块圆滚滚的躯干在蝶吉手上。

"不要！"她大叫一声，以为抓到了蛇，用力掷了出去。尸骸腾空而起，砸到了穿衣镜上。

"哎呀！"

楼下哄堂大笑。圆辅故意摆出一副严肃的架势。

"刚才那声音，想必是……"

"嘘！"源次拦住他，一副得偿所愿的神情。

"把云井①的印纸揭下来贴上，再用笔画上邮戳，这两下子……"

"怎么样？"

---

①烟叶的一种。江户时代水户藩领地北部地区的特产，后以江户末期著名艺伎"云井"的名字命名，在全国市场广受欢迎，一直持续到明治时期。

"哎呀，真是大开眼界啦。"

"气死我了！"蝶吉刺耳的哭泣声，回荡在耳边。

她双手抓着细带子两端，边用力系紧，边踉踉跄跄地从二楼下来。她神情大变，脸也煞白，双目倒竖，嘴角上翻地咬紧牙关。她狠狠地一把拉过来呆望着自己的雏伎，仿佛要把她的手捏碎一般。

"哎呀，姐姐。"

"你，告诉我，告诉我，是谁把我的……我的娃娃弄成那样？我绝不饶他。不，不许说不知道。我可是好好托付给你的……"

蝶吉使劲按住雏伎。她浑身哆嗦，额上暴起了青筋。

"手和脚都散了。太残忍了，太残忍了！说，是谁，你说是谁！你告诉我，我可是明里暗里没少护着你的姐姐。告诉我呀。喂！畜生，你不说是吗？"

"疼，疼，姐姐。"

雏伎终于忍不住，哇的一声哭了出来。

灰飞烟灭

"唉，你这是怎么了？太粗鲁了。"

老太婆单膝跪地，直起身子，拉住蝶吉的袖子，想要把她

187

拉开。

蝶吉拧着身子把她甩开，回过头狠狠地盯着她说：

"婆婆，我也恨你！你信口胡言诓骗我。说什么'肚子痛不痛，给你揉揉'，我还以为你是个好心人呢。真可恨。畜生，放开，你干什么！"

"哎哟，吓人，真吓人。哼！"老太婆厚颜无耻，不以为然。

蝶吉双眼充血，眼看就要气势汹汹地扑上去。

目瞪口呆的圆辅便插到两人中间："我说……"

"嗯？我的身子可不是你们那手能碰的！我可是有丈夫的！你这个臭卖艺的！"

说着，狠狠抽了他一记耳光。

圆辅抱住头，吃惊地叫道：

"了不得了！"

"你有丈夫？真够荒唐！明明是你被抛弃了。怎么着，堕胎反倒怪产婆的东西！"

源次万万没料到会闹成这样。他原本想捉弄一下蝶吉，戏弄她让她请客，再一笑了之，以此为木屐那事儿泄愤。还贪得无厌地以为可以借机跟蝶吉和好，让她见识下自己的无赖之处，没准儿还会爱上自己。源次打着自己的如意算盘，甚至今晚还穿上了短袖衫，扬扬得意、大摇大摆地来到这儿。没想，恶作剧过了火，竟然把娃娃的手脚拽掉了。他见蝶吉怒面霜眉，看情形不是轻易能平息了的，就想溜之大吉。起身时，恶言恶语地骂了句："活该"。还不忘取来烟袋包塞到腰间，抬起惨白的脚就想大步往外走。

"站住！"

"哎？"

"是你搞的鬼吧！阿源你这个浑蛋，是你吧？"

"不，是我。"

直截了当地说着，径自走进来的正是大和屋的老鸨，一个叫茑吉的半老徐娘。她不仅技艺高超，还颇有姿色，身穿清一色的细条纹棉布衣，打扮得很潇洒。她环视了一下自己的账房，里面像是被暴风雨卷走了屋顶似的挤满了人。她泰然自若地走到长火盆的对面，端端正正地在一个黑天鹅绒的大坐垫上坐定。说了声"好冷"，摇了下肩膀：

"大家都安静一下。阿蝶姐，你也坐吧。"

"你说什么？"蝶吉站在原地，转身定定地盯着老鸨，厉声说，"原来是你捣的鬼！"

"嗯，是我。"

"什么？"

"你杵在那儿，干什么呢？"

"坐下又能怎样！"

"哎呀呀，这个女人眼角都吊起来啦，还是给泼点水冷静下吧。"

"算了，老板娘。"圆辅一筹莫展，无计可施。

"阿蝶，我可是你的主子。"

"哼，我可不是你的包身艺伎。谁要给你这种残酷不仁、不通情理的人当包身艺伎啊！只当人是无知糊涂，骗我喝打胎药，就因为那个，我再也见不到他了！我连命都不要了。你却丝毫不知关怀人，到底是有什么不满意，竟把我的娃娃毁掉！你明知那事儿不对，却告诉我，强迫我去做。难道还不够嘛！畜生！不通人情！你不就是个乡下来的嘛！我可是在仲之町长大的。"

蝶吉急火攻心，说话前言不搭后语。

"住口，住口，住口！还不住口吗？"

说着，老鸨拿长烟袋杆狠狠地抽了下蝶吉的后背。

"畜生！"

"好狂妄啊！要想抱怨，先还钱来！莫名其妙！恕我直言，你还欠一屁股债呢！没错，正因为您是仲之町长大的，我才破例借钱给你的。自己没出息，交上个情人，居然还怀了孕，好不丧气！就你那身板一准儿会难产。我是不想看你血淋淋地丢了小命，才大发慈悲帮你打掉。再说也妨碍做生意，把你弄这里来可不是供你消遣享乐的。大小姐你也适可而止吧。疯婆子，一天到晚侍弄个布娃娃，谁能受得了。也妨碍其他姑娘。二楼一间屋子，五六个人大通铺都睡在一起，那东西摆在那里也碍

190

事儿。看你脸蛋儿白净，技艺也高，挺受欢迎，我这才宽容有加，许你任性胡闹，你反倒蹬鼻子上脸了。什么，畜生？再说一遍试试。你不说我也逼你说！"

说罢，立起身子，又隔着火盆猛抽蝶吉的后脖颈。

"神月先生！"

蝶吉近乎疯狂地尖声哀号。

"行了，行了，老板娘。"圆辅手足无措，一个劲儿地搓手。

"这话说得真是太过头了。"老太婆嘟囔着。

"不，偶尔也得让她这么吃点苦头。不然的话，她就更得寸进尺了。神月先生又怎么样？你明明都被人家甩了，还想怎样？真够寒碜的。有能耐你叫他来啊！"

"好，叫就叫！"

蝶吉啜泣着说着，正要起身。老太婆一把拽住她。

"你干吗？"蝶吉虚弱地瘫倒在地，"好窝火，好窝火，好窝火，好窝火！你们一伙人，要把我怎么样？反正我也活不成了，来吧，杀了我呀。来啊，来啊。"她像小孩撒娇一样，侧坐着，从脸到身子都像从水里捞出来似的，满身大汗，不管不顾地反驳道。

"怎么能杀了你，你还背着一大笔债呢！是不是呀，婆婆？啊——呵呵……"

"所言甚是，哈哈哈。"

两人笑成一团，故意不理会她。

蝶吉脸色惨白，头发也乱了，抽抽搭搭地哭着：

"不杀也可以，可以。不愿意就算了。反正我就要死了。然后，我会把这一切都告诉神月先生，你们记好了。没有一个人关心我。这个世上，全都是恶鬼！"

也许是神志不清了，她舌头也不听使唤，语无伦次。

她有气无力地靠在老太婆膝头，耸动肩膀喘着粗气。敌人伸出手抓住她，照着胸口，又打了一烟袋杆。

"喂，还不清醒吗？"

蝶吉把犬齿咬得咯吱作响，如脱兔一般一下子推翻火盆上的铁壶，伴着轰隆一声巨响尘土飞扬，灯光也暗了。转眼之间，蝶吉已飘然不见了踪影。

"站住！"

源次抓住她，把她摁在了门口。

蝶吉一言不发，直勾勾地盯着他，突然把拎在手里的低齿木屐十字交叉着举起，一只打到源次的半边脸上，将他击退，另一只将磨砂玻璃窗子砸得粉碎。蝶吉转身出门，一溜烟儿似的跑走了。

"喂！站住！"

学士心神不宁，在瑞林寺的那间寓所按住胸口待不下去。

每当这种时候，他必定会去汤岛消磨时间。从汤岛回谷中的路上漆黑一片，一个年轻的警察冷不防地抓住了他的手。

梓气定神闲，没有一丝慌乱，原本他也没有什么好惊慌的。他沉静地回过头问：

"叫我？"

"要去哪儿？啊，你这家伙。"

警察言辞粗鲁，好像很激动。

"要去山谷那边。"

"嗯？要去坟地睡觉吗？扯谎，你这家伙是小偷吧！"

警察像疯子一样胡言乱语。但，梓善于识人，他知道这个年轻警察并不是处心积虑来诬陷自己，也不是对罪犯恨之入骨，他只是对公务抱着一腔热忱，血气上涌，难以克制才会如此。

"不需要你担心。"梓微微一笑，满不在乎地回道。

无论是看看他那清秀的面容，还是闻一下他身上令人怀念的熏香，都能知道他是个有风度的青年。只是那位警察过于热心公务：

"报上姓名，门牌号多少？"

"……"

"喂！"警察用惊人的声音呵斥道。

虽然没什么好忌讳的，但还是不情愿这么自报姓名。神月吞吞吐吐，言语含糊地说：

"玉……月。"警察却不依不饶，接二连三追问道：

"玉……玉……玉什么？"

"玉月，啊，秋太郎。"

梓说完却魂不守舍，惊慌失措起来。

"家在哪儿？"

"寄宿。"

"在哪儿？叫什么，哼，还不快说？"

被这么一逼问，梓突然惊愕起来，他犹豫不决，觉得自己做了错事。

警察对着他的侧脸，狠狠给了一拳，像要把他打碎，盛气凌人地吼道：

"过来！"

这位蒲柳之质的公子哥，自打出生以来还未受过这等屈辱。虽然暗夜看不清，他已勃然作色。

"你！"

"蠢货，你什么你！"说着又抡起手。

梓紧紧攥住警察的手，声音都颤抖了。

"那就告诉你名字。"

"什么？"

"我叫神月梓。"

他说着，推开警察的手，叹了口气，俯下身去。学士感到在这里报上的姓名，被深深地玷污了。

警察听到这儿，并不去追问他为何伪造姓名，立即语气柔和地说：

"是神月啊？"

"有什么事吗？"梓怒气未消，冷冰冰地答道。

"好吧，不管怎么说，先到派出所一趟吧。"说罢，警察讲述了原委。

"正好刚刚在根津派出所抓到一位神志不清的女人。她说话语无伦次，只是口口声声要找姓神月的人。路人通报，最初那女人在路上走的时候，后面跟着一个男人。因为女人穿得不错，又姿色出众，被判定是被扒手或者不怀好意的人跟踪了，所以一边对女人展开调查，一边命巡警搜捕罪犯。"

话未说完，警察嘲讽似的看着梓：

"哼，你就是那个色情狂丈夫吧？"

星

是呀——"色情狂丈夫"——当从警察口中听到这个，梓绝望了。他怀着奔赴黄泉路的心情，经过弥生町来到根津，夜色深沉，并没有围观的人群。到达后，发现蝶吉被反扣着手，半边脸被摁到装满水的提桶里，呜呜地哭着。

腰带被解开了，和细腰带一起卷成一团放在桌子上。还有到了这种时候依然爱不释手、随身携带的小镜子，以及玳瑁的镂空鎏金梳簪。怀纸散落得到处都是，里面还有梓见过的那个织锦钱包，一片狼藉地混杂在一起。蝶吉俨然遭人强暴了一般，被三个人按着动弹不得，还有一人拿长柄勺冲她头上浇水。乌黑的头发像海藻一样，前襟和下摆凌乱不堪，胸脯也露在外面，整个人瑟瑟发抖。

梓咬牙切齿地冲上前去，质问他们为何如此。但警察的回答却明明白白，还理所当然。

"她疯癫起来让人对付不了，想抓住她让她冷静一下，她却狂暴地嚷着，'我是有主儿的人，一根手指都不准碰'，拔下簪子就刺过来。有一名警察还被刺伤了手背。好不容易抓住她，可还是太危险，不得已只能把她倒背着手扣住。而且，为了查找她住址、姓名和身份的线索，就必须检查随身物品。或者她在路上兴许受了伤害也说不准，为了给她检查身体，就必须脱下和服，当然腰带也得解掉。她火气太大流了很多鼻血，正给她护理，用冰水降温呢。学士您来到这儿的时候，我们已经查明在路上尾随这位女子的男人了。"

此时，有个人双手托腮趴在窗外，观察着室内的情况。他身穿带家徽的和服，目光锐利。刚才的男人正是他。这位绅士，曾是个与学士有仇的书生，如今沦为府下的一家小报社当采访记者。

"哎呀，神月。"

学士并不搭理他，连警察的问话也置之不理。他把惨不忍睹、形同死人的蝶吉横抱在膝头。

"神月。"

蝶吉不由得紧紧抓住他，仿佛要把他骨头捏碎一样，难舍难分。梓安抚着她，给她系好腰带，掩上前襟，穿上东一只西一只的木屐，牵着手正要离开。

"喂，忘东西了。"说着，从里面丢出来的，正是自己二十岁时的照片。穿着大学制服，腋下夹着折叠包。他捡起照片，消失在方灯也照射不到的暗夜里。然而，深夜的大马路上响起了车轮嘎吱作响的声音，穿过都城的一角，气势凛然地飞驰而去，回荡着。穿过山脚下，经过宏德寺前时，蝶吉躺下了，乌黑的秀发几乎要铺在双人车的挡泥板上。她仰着脸，梓把自己的脸颊贴在上面。那个时候，两个人是紧紧抱在一起的。可是，他们的尸体在大河里被发现的时候却是分开的。

男子的双手紧紧地掩着面，放不下来。女子的双手被细带子缠在胸口。

给尸体下葬的时候，一阵狂风，席卷着砂土，遮得天昏地暗，都城的一半都暗了，似箭般的暴雨倾注下来。在灵柩通过这白昼的昏暗，到达寺院的时候，却如擦拭过一样变成了万里晴空。

墓地里葬着的，一个是神月梓，一个是松山峰子，两座并排着葬在谷中的瑞林寺。

前来吊唁的是梓生前的三位挚友。还有一位，是避人耳目前来的玉司子爵夫人龙子。她在墓前守了一夜，意外遇到三位学士时，她哀求般地跪在地上，要求三人严格保守秘密，以自己的名誉起誓，不会让世人知道她来此地拜谒的事情。哲学家当即在灵前合掌起誓，柳泽在卵塔①后面肃然地点了点头。只有龙田一人，把红润的脸庞紧紧贴在柳泽胸前，簌簌地落着泪，摇了摇头。星星在那一刻闪耀了吧。或紫，或绿，多么光明璀璨！

①墓石的一种。指安放在六角形或八角形台座上的卵形石塔，多用于禅宗僧侣的墓碑。

紫阳花

一

　　据说这里栖息着很多泛着青光的蛇，村里的人都不敢靠近。那座野神社里住着一位瞎了一只眼的老翁，很久之前就在神前侍奉。

　　据说他在失去那只眼的时候曾看到过一次，在几丈外的背阴处留着长长的黑发的，那就是神灵。

　　眼下正值六月中旬，连续二十几日烈日炙烤。这会儿日头正毒，就连鼓子花①也被晒得草气氤氲，褪去了鲜亮的颜色。沙砾石头闪闪发光。老松树的树杈上，升腾起如乱丝的薄烟，那大概就是被称为树木精灵的东西吧。热气朦胧，暑日的寂静更胜深夜时分。刺眼的乡野小道上，一位十岁光景的美少年，后面的衣裾卷到腰带下，戴着竹斗笠，赤着脚叫卖着走来。

---

①又称昼颜、蔔打碗花，属旋花科，形似喇叭，花期为 5～7 月，正午开花，日暮时分闭合。

"卖冰喽，卖冰喽。"

他是要经过这里到市集去。冰块用竹席子包裹着，吊在秤杆上，另一端用稻草绳系着一块大小合适的石头。少年那担着重物的弱小身躯踉踉跄跄，石头也随之摇摇晃晃。

好不容易来到神社前时，才喘着粗气停下了脚步。

深深的斗笠也遮不住毒辣辣的日头，少年白皙的脖颈被晒得发红，他大概是热坏了。

晒干的蚯蚓躯骸，外表已颜色发黑，而内里还是鲜活的。然虽有心蠕动，也只能任成群的红蚁如潮水般涌过来在身边忙活了。此时万里无风，连叶梢都纹丝不动。石板被晒得滚烫，一只不知名的蜻蜓，尾巴尖带着些许黑色，停落在上面一动也不动。

这时，从神社后面的树荫里走来两位妇人。一位把遮阳伞折叠起来，拿在纤纤细手里当作拐杖用。而另一位年纪小一些，努力伸长了身子为她从后面撑着伞。想必是位侍女。

身材高挑的贵人头部几乎要贴着伞里子，蓝色绢布里子遮住了眉毛。黑油油的头发闪闪发光。

少年惊讶地回过头时，那位贵人回头看了一眼侍女，随即冲着少年说道："喂，来一点冰。"

因为暑热和疲劳，少年一言不发，只是微微点点头，解开席子，沙沙地扒开湿答答的竹叶。水珠簌簌地滚落，冰块还保持着从冰室里切割出来时的样子，边角齐全。少年拿锯切下其中一角，赶忙回头交给贵人。额头上的汗珠滴落到了睫毛上，而少年一时又腾不出手去擦，只能闭上眼睛。交到贵人手上的冰，颜色漆黑。

"这冰是怎么回事？"

美少年沉默不言，翻过锯刀又哗哗地切了起来，冰沙簌簌地散落到四周，融化在烤得滚烫的沙土里。"吱——吱——"的蝉鸣声也静了下来。

二

出来卖冰时，继母不小心给他拿了一把刚锯过炭的锯条。而少年却全然没有注意到冰的颜色，只顾着切冰。冰只剩下手掌般大小了。

刚切下来的新冰块也依然是黑色的。贵人碰都不愿碰一下，静静地摇着头说：

"不干净的可不行。"

"是。"少年铆足了劲，哗啦哗啦地继续刨起来。冰块碎开，撒得满地都是。

少年不情不愿地丢掉刨下来的冰，又不断刨新的、剩下的部分，然而不管刨多少次，锯条上沾着的炭末都会把冰弄脏。

很快便所剩无几，遮在竹叶下面。

贵人一动不动，目不转睛地冷冷看着。少年绝望地哀求般地低喃道："会被母亲骂的。会被母亲骂的。"

然而贵人像是没听到似的。一旁的侍女见他可怜，一边责备他：

"喂，说什么呢。你真是奇怪啊。这可不行哦。"一边又从中劝和似的说道，"看着挺可怜的，要不……"

"不行！"

贵人不留情面地说完，依旧纹丝不动地站着。少年吊着眼睛望着侍女的脸，又眼泪汪汪地低下了头，满是委屈地看着碎落到地上的冰，转眼间就化成了水，蒸发成了水汽，连地上濡湿的颜色也干掉了。

贵人着急地催促道："快给我呀。给我好的，给我好的。"

这次少年放下了锯条，索性把席子里剩下的冰块全都拿了出来，双手托着："全……全都给您吧。"

少年细声细语地说着，用力地把冰捧了出去。伴着一缕凉风，顿时升腾起缭绕的水汽。

贵人眼波流转，冷酷地盯着冰块和少年的脸：

"哎呀，都说了，这样的不行！"她一副焦急的样子，蓦地一推，冰块一下子滑掉地上摔成了三四块。少年见状，慌忙把冰捡起来紧紧攥在手里，双颊瞬间涨得绯红。他右手紧紧地抓着女人的手，着急得说不出话来。

"哎，这个，哎呀！"贵人眼看要被拉倒在地。

一阵风，吹动树叶哗啦哗啦作响。

三

贵人的衣裾、袖口窸窸窣窣，像拧柳条一般，拧动着纤细的腰肢跟跟跄跄的，再度发出了悲鸣。侍女见状，慌张去冲到近侧推开少年：

"喂！放肆，你……你，不晓得她的身份吗？"

贵人用痛苦的声音制止她道：

"没关系，没关系。"

"可是您……"

"没事的，由他去吧。好了，走吧。"

说罢，捂着胸口，一半出于烦闷地，脱下双脚还未习惯的鞋子，丢弃在一旁。拖着身子，总算来到阴凉处。此处小溪潺潺，一株梧桐郁郁葱葱，临水的紫阳花在残垣内外开得正盛。来到这方空地时，少年停下了脚步。贵人舒了一口气。

少年毫无犹豫地俯身到溪流旁，把攥了一路的冰块——那被炭沫子染得黢黑的冰块，浸到水里冲洗。

托在掌心里的冰块清澈通透。吧嗒吧嗒地滴着水珠。迅速融化的冰，很快就只剩豆粒般大小，却宛若水晶一样晶莹剔透，一丝污垢都没有。

少年定定地盯着冰块，用颤抖的声音说：

"这样行吗？"

贵人脸色已变得惨白。

随后赶来的侍女，看了女人一眼后惊慌失色，紧紧地把她横抱着。女人一边躺倒在侍女膝上，一边单手紧紧地捂着胸口。

贵人齿间挤出一声"啊"，痛苦地仰起头。她唇色发青，涂了铁浆的前齿颤抖着，手耷拉在地上，拽着草的洁白指尖打着哆嗦。

侍女大吃一惊，贵人眼见着衰弱下去。

"夫人，夫人！"侍女带着哭腔唤道。

"小点声。"

贵人幽幽地说着，随后只说了句"忍耐一下，哥儿，哥儿"，便没了声响。

惊呆的少年抱住贵人，把已化成水珠的冰送到了她嘴里。贵人松开侍女的胳膊，仰着脸，目光迷离地移开捂着胸口的手，抱着少年的肩膀，目不转睛地看着他点了点头，颓然地咽了下去。斑驳的日影透过梧桐叶筛落下来，紫阳花的颜色，映着寂寞的笑脸。

夜间巡警

一

"这位老爷子，从哪儿来啊？"手艺人模样的年轻人，对着自己身旁的老车夫问道。看起来老车夫年逾五十，尚不到六十的样子。大概是出于饥饿，虚弱的声音在寒冷中颤抖着，慌慌张张地回道：

"真是对不住，今后一定注意。一定一定。"

"老爷子别慌。我又不是巡警。唉，喂，真可怜，看来受了不小的惊吓啊。要说您也是太胆小了。又没说要绑了您，用不着那么战战兢兢的。我在一旁听着，都有点压不住怒火了。唉，老爷子，我听着刚才像是责骂您衣冠不整，不过就算是那样，骂得也太凶了。是不是您还有其他什么过失？啊，老爷子。"

听到这儿，老爷子叹了口气："唉，真是吓坏了。老头儿我还是生来头一遭被巡警责骂，唉，不知道会怎样，六神无主，慌了神儿。我啊没什么赚钱的心气儿，也就绝不做什么亏心事。

209

刚才也不是出了什么岔子，而是裤子破了，膝盖以下都露着，巡警说太不体面。唉，也不是不知道规定，就是一时疏忽。唉，被冷不防地吼了句'喂！'，着实吃了一惊，到现在胸口还扑通扑通的呢。"

年轻人不住地点着头："嗯，对吧。维新前出生的人，胆小谨慎，可不是动辄要惧怕像巡警之类的嘛。什么嘛，只不过是裤子破了，至于那么夸张地责难吗？又不是大户人家的私家用车，哼，真是多管闲事，是吧老爷子。就算那边不说，这么冷的天自个儿穿不就得了嘛。还不是因为个人有个人的缘由，没得穿嘛。又不是什么都没穿。况且，在这只能看着灯笼的暗夜，打扮得体又能有什么用！自己做买卖受冻，也不会殃及别人。哼，嘎嘎乱叫的寒鸦①！那样的家伙也不多见。要是行人不多的地儿，就是大白天随地小便，不也可以睁一只眼闭一只眼的嘛。真是生气！我们又没做损人利己的事儿，就是年轻人也不会这么做啊，更何况是年老体衰的可怜老爷子。不至于要这么生气吧。真的是，说什么'这个德行不准拉车！'，也不想想，都是万不得已才会如此。呸！浑蛋！要是没那腰间的佩剑，定要揍他一顿。耀武扬威的样儿，也该适可而止。哼，这护城河畔可是我们的御用通道，弄不好把他抛下去，招待池中的鸭子。"

①冬日的乌鸦，这里借此来辱骂身着黑色制服的巡警。

年轻人一边义愤填膺，极尽措辞对已经离去的巡警加以谩骂，一边摩拳擦掌，给写有四谷组合字样黑不溜秋的灯笼续了续蜡。看到老车夫有气无力地扶着车把的样子，年轻人也几乎泄了气，怜悯地问道："老爷子，家里就只有您一人赚钱吗？没有儿孙吗？"

语气温柔，老车夫听后眼中含泪："唉，多谢。所幸有一个孝顺儿子，很是能干。也是苦命人，在这样的夜晚，也不是能抱着暖炉安睡的身份。今年秋天，犬子被军队征了去，那之后儿媳妇和孙子倒也是尽心照顾我，只是生活难以为继。龙生龙，凤生凤，老鼠的儿子会打洞，家里的老父亲原本就是做这个营生，所以即便是上了年纪也能稍稍掌握其中要领。这才拉起了儿子用的人力车，只是同行的都是健壮、样貌好又要价便宜的，样样都齐备。像我这样的车，若非特立独行或不拘小节的客人，是不会来乘坐的。虽说贫穷不追辛劳之人，可也不知怎的，不管怎么努力赚钱，日子依然过不下去，自然也没有心情去顾及体面了。一不小心，还是被巡警给……唉，也给你添麻烦了。"

老车夫反反复复絮叨了良久，年轻人不烦不躁地听着，格外受触动，说道："老爷子，您伤感也不是无缘由。嗯，确实如此啊。不过，听您说独子不是去参军了吗，大概已经上了战场吧。这种事情不必藏着掖着，尽管用来反驳他，作为补偿，再狠狠敲一笔竹杠作酒钱多好。"

"唉，可使不得。不过，为了分辩我倒是也提到了，只是对方根本不听，所以……"

年轻人越发愤慨，更加怜悯老车夫："真是铁石心肠！不通情理的寒鸦！虽这么说也是没有办法。哎老爷子，也不费什么工夫，跟我一起去那边吧。烤着火喝点酒。别客气，还有点事要跟您商量呢。好啦，走吧。您啊也不适合赚钱。真是浑蛋，抓着这样的老爷子训斥真是太不像话！怎么好为难这么一位老人，如今且动一下手指试试，现在可是由我们罩着了。"

饱含愤慨、轻蔑和怨恨的目光所及之处，只见趟町[①]一番町的英国公使馆的土墙旁，一盏角灯[②]在柳树丛里若隐若现，朝南而去。在黑魆魆的暗夜里，那光宛若怪兽的眼睛。

二

途经公使馆旁的那只怪兽是名叫八田义延的巡警。他于明治二十七年十二月十日午夜零点从派出所出发，正在一小时倒班的巡查中途。

这位巡查的步伐看似有一定的章法。他不急不缓，稳步前

①东京都千代田区地名。
②玻璃做的四方形煤油提灯。

行；身板笔挺，不向左右歪斜分毫。那毅然决然又泰然自若的姿态上，自然地带有一种不容侵犯的威严感。

那潜藏在制服帽檐下的凌厉目光里，混杂着机敏、锐利和残酷，闪烁着异样的光。他无须额外侧脸转脖，只靠那滴溜溜灵活转动的眼珠，左眺右望，上下观察，不落下任何一个角落。

因而，无论是一片白茫茫的河边草坪里，几条如蛇盘踞般的行人踩踏的痕迹；还是投映在英国公使馆二楼的玻璃窗上的赤黑灯影；还是公使馆门前的两根玻璃路灯比昨夜暗了些许；或是道路中间，一只扔掉的草鞋被霜冻硬；还是高耸在路边的一排萧索的柳树，随着吹来的北风沙沙地一齐向南飘去；抑或是高耸在远方的电灯局的烟囱里升腾起的一缕白烟……这条路上的一切光景，无论多么细微，均逃不过有洞幽烛远之明的巡查的眼睛。

不仅如此，他从巡警亭出来，在路边训斥了一个老车夫，之后一直到这边都不曾回过一次头。他只顾眼望前方，其目光锐利，细致又严峻，而对身后则是一副全然放心的样子。因为身后的一切都已经过自己的亲自检查，确认无任何异常，所以可以放任不管。假如有歹徒，挥刀从后面给他一刀，大概直到断气，他都想不到自己身后有人吧。不为别的，只因他坚信自己亲眼检查过的地方，即便是藕孔般大小的地方，都不曾留下一丝隐患。因此，他才能泰然自若，威风凛凛，只顾专心致志、心无旁骛、悠然自适地前行。在霜重的深夜，其脚步声在无人的街道远远地回荡着。行进至一番街的拐角入口时，只见蜷缩在右侧冠木门①下的物体，应声蠕动起来。他一如既往地用凌厉的目光审视之。

八田巡警定睛一看，原来是一个异常落魄的女子。

她怀抱一个婴孩，大概因为夜深无人，一时放松便把衣带解开将婴孩紧贴着自己的肌肤，用自己那破破烂烂的夹棉和服当作孩子的包裹，大概想要尽可能多给孩子一点温暖吧。这般慈母心肠，看后会作何想呢？

即便是不给他们母子施些恩惠，大概任何人也都会心生怜悯的吧。

然而，巡警却在该女子的耳边跺着脚，用沉稳有力的声音说道："喂，起来，起来！"

女子慌忙弹起身，急急忙忙地跪坐好，一句"是"话音还未落，便把头深深地磕在了土里。

巡警用严肃的口吻，厉声道："是什么是！不许在这里睡！快走！看你那不知羞耻的样子。"

女子羞愧万分，呼吸急促地回道："是，真是万分抱歉。"正在道歉的当儿，熟睡的婴孩刚好醒来，在睡梦中暂时被忘掉的饥饿与寒冷又再度袭来。之后连哭声都因疲惫而沙哑异常。

---

①指用一根横木搭在两根柱子上做成的简易房檐。

母亲见状，也顾不得旁人眼光，慌忙把乳头送到婴孩嘴里，哀求道："夜已经深了，还请大老爷发发慈悲，宽待我们母子吧。"

巡警冷漠地说："规则不分日夜。不许在房檐下睡！"

正值此时，狂风大作，寒冷刺骨，撕裂着手脚都裸露在外的女子的肌肤。她瑟瑟发抖，蜷缩成一团："那怎么受得了，求求大老爷，您积善行德，就容我们母子待在这里吧。这么冷的天，要是到了河边的风口吹着，这，这孩子就太可怜了。我们母子遭遇各种不幸，骤然沦落街头，乞讨为生，对情况不了解……"女子说着，语带呜咽。

如若向她暂时栖身的这户人家请求，或许尚能应允。

然而，巡警却对哀求充耳不闻："不行，我说过了不行，不管你怎么说都是不行。即便你是观音菩萨的化身，也不能在这睡。去，都说让你走了。"

三

从半藏门方向走来，要转向护城河畔的时候，一位年轻貌美的女子提醒喝醉酒而步履蹒跚的老人："伯父，注意安全。"

她戴着针织手套的左手拎着灯笼，右手引导着老人。

被唤作伯父的老人，踏着摇摇晃晃的步子回道：

"嗯？没事的。那么点酒怎么可能喝醉。现在是几点钟了？"

夜深了。夜色深沉，风也安静了下来。放眼看去，护城河畔的道路在三宅坂附近就暂且望到了尽头，再加上这一带被树木和连甍接栋的红砖房围成一方东京都内的小天地，寂寥万分，只有星星冷冷地泛着清澄的光。美人回头望了望，像是在寻找谁。相隔百步之远有一个黑影，踏着咚咚的脚步声缓缓地走了过来。

"哎呀，巡警先生来了哦。"

伯父回过头认出了角灯的影子，立刻语带不悦地说："巡警怎么了？你看起来好像很开心啊。"

他盯着女子的脸。一只眼睛隐在暗夜里，另一只目光锐利。女子看上去吓了一跳，说道：

"看四周十分冷清，是不是快到一点钟了？"

"嗯，大概是吧，因为连一辆人力车都见不到啊。"

"没事的吧，也不远了。"

二人一时不语，默默赶路。醉酒难行，那脚步声很快就来到近前。老人高声含笑问道："阿香，今晚的婚礼怎么样？"

女子轻轻点头回道："很是豪华。"

"哎，可不仅仅是豪华。你看到那婚礼作何想法？"

女子望着老人的脸问："什么啊？"

老人像是带着嘲弄地说："大概很羡慕吧？"

女子默不作答。因为这番冷言冷语，她看上去像是被刺痛了。

老人仿佛早已料到，接着说：

"怎样？羡慕吧。喂，阿香，你知道我带你参加今晚的婚礼的打算吗？什么是呀是的，到底是知不知道？"

女子沉默不语，低下了头。老人渐渐提高语调：

"不知道吗？大概是不知道吧。可不是为了让你熟悉婚庆礼仪，也不是为了带你吃喜筵。只是为了惹你羡慕，让你自卑自怜，看你那内心痛苦的样子啊。哈哈哈……"

女子无法面对那张口吐酒气的脸，悄悄地转过身去。老人手搭在女子肩上：

"怎么样阿香，那位新娘子美吧？到底是一生中的重要仪式。身着三件红白色嫁衣，闭月羞花般坐在那儿的样子，可是女子一生中不会有二次的隆重装扮。那个新娘子美是美，不过你跟她不相上下。那个新郎官也很出色，相比之下，那个巡警就差了一大截。试想下如果是你和巡警会怎样？大概也觉得扫兴吧。阿香啊，那天巡警来要我把你嫁给他时，我若应允了，这次就该换作旁人羡慕了。更何况那个男人是你拼了性命也要跟随的人，大概也是可喜可贺。只是啊，这浮世往往是不遂人愿的。我这么一个阻挠者，轻松地就给回绝了。那家伙该是受了很大的屈辱。他一开始就该掂量清楚，这件事儿谈不谈得成。真是，八田这家伙毫无远见。蠢货巡警！"

"哎呀，伯父……"女子声音颤抖着，生怕被身后的巡警听到，担忧地回头一看，虽是黑夜，但那映入眼帘的人，千真万确就是……"啊！"女子不禁惊愕地叫出声来。

八田巡警像被电击一般，浑身发麻。

四

不知老人是不是没注意到刚刚一瞬发生的一幕，一副毫无顾忌的样子说道：

"阿香啊，你一定觉得我心肠歹毒而怨恨于我吧。被你怨恨正是我的本意。尽管来恨我吧。反正我就是这么残酷无情，想必也会不得好死。不过，这些我都已经做好心理准备了。"

老人一脸认真，不像是在说醉话。

女子终于开口道："伯父，在这大路上，说什么呢。快点回家吧。"她拉着老人衣角，急忙要避开巡警，就是为了不让他听到伯父这些伤人的话。然而，伯父本人却毫不顾忌，满不在乎地反倒故意提高了嗓门：

"说那话也不是因为他只是巡警，我才不同意。我也没有非要去选个身份高贵的官员或是有钱人，对那八元钱月俸的巡警唯恐避之不及这种卑劣的想法。要是你厌恶的，在一起就会将你吃肉喝血。要是死秃驴，放高利贷的或者惯犯的盗贼之流，我就甘心乐意地把你送出去。他要是个乞丐试试，我倒是会把钱财悉数让给他，自己去讨饭，成全你们做夫妻。阿香，这样我就能看着你痛苦的样子取乐了呀。不过，那个巡警可是你打心眼儿里喜欢的男子。你对他爱得执着，觉得要不能跟他相守，活着也没意思。我对此心知肚明，所以就干脆地回绝了他。我这可不就是无欲无求吗？要是一般人定会说，我都说过不行了，无论如何你也得断了那个念头，不过我可不是这样。要是哪天，你觉得伯父我不同意，所以你也就轻易地放弃了，那我的心愿不也就化成泡影了。不过，爱情这种东西，可不是那么浅薄的。就像胆大的人越是身陷险境就越是胆大一样，有了阻挠，就会爱得更深。正因我深知你是不会断念的，所以才有趣呀。怎么样？你能断念吗？嗯？阿香，你现在已经忘了那个男的了吗？"

女子稍作沉默，断断续续地回答道："没……没……有。"

老人心情舒畅地高声笑道：

"嗯，这是自然。要是能那么轻易断念，我的罪孽也就没价值了。所以，你行行好，千万别放弃。还远远不够呢，我想要你再多多思慕那个巡警呢！"

女子忍无可忍地仰起脸："伯父，您到底有什么不满，要说这么无情的话，我……"女子把话咽了下去。

老人大吼道："什么？有什么不满意？闭嘴，真没体统！为什么？大概是没有人比你更合我心意了。首先长得漂亮，性格也好，人又温柔。你的一切，就连吃饭的样子我都中意。但不意味着，因为那样我就要把巡警怎么样。即便是你哪天救了我的命，成了我的再生父母，我也决不把你许给那个巡警。你要是个令人厌恶的女子，我也不会这么妨碍你。正是因为你可爱，我才这么做的。不要再说什么我对你满意不满意的话了！"

女子脸色变得有些严肃："那么，他可是做了什么坏事？"说完回过头去，此时，巡警正在低声私语都能听到的距离内稳稳地跟着。

老人连连摇头："不，不，我非常喜欢那家伙。珍惜着那月俸八元的工作，好似这世上再没什么能比上巡警的了，专心致志的样子也是奇妙。过于恪守职责，世人都骂他残酷不仁，不通人情，他却对恶评毫不在意，依旧一丝不苟，任何细微之处都不放过。他那残忍无道的地方，着实是合我心意。首先他值得那八元的月俸。八元不是白拿，也就不是尸位素餐，着实是个了不起的八元巡警。"

女子忍不住回过头，稍稍弯下腰，抬起一只手悄悄地给巡警行了个礼。即刻又转过头来，甚至都不知道八田是如何回应自己的。真不知阿香为了自己此举不被伯父看出来，做了多少努力。

五

"嗯……八元先生没有什么不好，只是无论如何我都不能将你嫁与他。如果他是个朝三暮四的家伙，只是一时色迷心窍，看这家不行就另寻别处的肤浅之辈的话，也许我就同意了。然而，我一打探才知道义延（巡警的名字）与那些男人不一样。据说他是一旦认定了就无论如何也无法忘怀的性格，果真是跟你一样，甚至要去自杀呢。这可真有趣，哈哈哈，哈哈哈……"老人发出一阵冷笑。

女子声音颤抖着，追问说："那么伯父，我们到底要怎么做才好呢？"

伯父若无其事地回答说："怎么样都是不行的，做什么都无济于事。没有用！什么也别说了！因为甭管你怎么求我都不会应允的。阿香，你就认了吧。"

女子哇的一声哭了出来，甚至忘了巡警就在身后不远处。

伯父对此毫不介意，说道："有件事，本打算一辈子只说一次的。至今为止，不管是你还是其他人，我都不曾吐露过，今天就顺便告诉你吧。听好了，你那已过世的母亲……"

一听是有关母亲的，女子立刻支起耳朵问道："哎？我母亲？"

"嗯，你那位已过世的母亲，我曾对她一往情深。"

"哎呀，伯父你……"

"嗯，不用惊讶，也不必怀疑。那位我深爱的、你的母亲，被你父亲娶走了。明白了吗？当然，无论是你母亲，还是我的弟弟——你父亲，都不知晓这件事。我自然也不曾提及，可是事实上在我心里，在心里已经……阿香，你能体谅吗？因为我知道了巡警的存在，你可知道我带你参加喜筵时，看到你们日夜甜蜜时，唉，我是怎样的心情吗？"

老人声音混浊，那满是痘痕、颧骨高耸的老脸带着酒气，虽然瞎了一只眼睛，眼光却异常锐利。他用力晃动着阿香的肩膀，几乎要将其捏碎：

"我至今无法忘记。那种遗憾无论如何都无法消失。为此我放弃了所有的事业，无论是名誉还是家庭。是你的母亲夺走了我毕生的幸福与希望。我已经失去了活在这个世上的希望，只是一心想报复。但不是要策划阴谋损招，只是想要他们知道，对爱情失望的滋味到底有多痛。我继续留着这条无用之躯，虽然遂心如愿能跟随他们左右，但对你父母我却实在不知道该如何让他们知晓那种痛苦。假若他们能再长寿一点，兴许我也就能想出办法了。然而，不知是幸还是不幸，他们二人双双离世，只留下你一人。因为没有其他亲人，我就收养了你，之所以把你培养成这么优秀的女人，也是出于我要诅咒你们三代的执念。

阿香，你就代替你父母，尝尝那心痛的滋味吧。所幸你有了八田这个意中人，我的心愿也能得以实现了。有这个因缘，即便是给我全世界的财富，我也不会应允你们。你就死心吧！怎么求都是无益！喂，你这家伙堵耳朵干什么！"

阿香眼中满含泪水，哆哆嗦嗦地用双手捂住耳朵，尽力不要去听这死刑的宣判。老人对此却残忍地步步紧逼，把嘴贴近背过身的阿香耳边继续说道：

"呵！怎么样，明白了吗？我所做的一切，都是为了让你尽可能多地尝尝这失望之苦。最近你稍稍放下了巡警，所以我要像今夜这般让你看看别人的婚礼，再说些让你痛苦的话，我要极尽所能地折磨你。"

阿香禁不住大声哀求："伯父，请您……请您就饶恕我吧。求您就放手吧！啊？到底要我怎么做啊?！"

在离他们不远的地方巡逻的巡警八田不由得向前靠近了一步。他好似想要赶上他们，然而却挪不动步，伫立少顷，又畏畏缩缩地退了回去。他又像是要躲开那里。然而，却后退不得。一时之间，八田巡警像个木像一样杵在那里。接着又冷漠地带着一定的节奏庄严地迈出了步子。啊，爱情就是生命！从旁听到准备要自己命的老人的谈话，巡警的内心该是多么绝望和痛苦呀！一旦加快脚步，八田即刻就能赶上他们。或是放缓步子的话，不一会儿他们就能走出视线。然而，他素日为了坚守指责，自己定了下一条法则：从离开巡警亭，拐几道弯沿街警察，到再次回到巡警亭，一共走约三万八千九百六十 二步。为了感情去绕路，或疾走缓行，停下步子，对他来说都是比起恪尽职守的责任来，他所不屑于做的。

六

老人依然紧追着女子的耳边不放，像是要压在她身上似的边走边说：

"阿香，虽然我对你说那些，但我并不讨厌你，因为你长得跟你死去的母亲一模一样，惹人怜爱。要是厌恶之人，也没有任何值得我报复的价值了。因此，吃穿用度，无论是什么只要你喜欢，即便我衣不蔽体也要给你衣穿。我许你予取予求，但唯独那件事我是不会答应的，你就认了吧。也许你会觉得我已经老了，死后你就可以遂愿？我可不会让你得逞！我若死了，你也要一同陪葬。"

一听到老人毛骨悚然的声音说的最后一句，阿香再也忍无可忍，用力甩开肩膀，挣脱那扣在肩膀上的手，吧嗒吧嗒地跑了出去，转眼工夫便跑到护城河的堤防边上。不好，她要跳河！老人见状，慌忙跑了过去想要拉她回来。不想，他醉眼蒙眈，一脚踩空，躺倒在降了霜的草地上，扑通一声滑到了河里。

这时八田急忙飞奔赶来救援。一看到八田巡警，阿香呼吸急促地叫了一声"阿义"，便像忘掉一切似的把额头埋到巡警胸前，紧紧地抱住了他。就像被爬山虎紧紧缠绕的枯树漠然地无动于衷一样，巡警伫立在堤防上，单手举着角灯，死死地盯着水下。不必说此时寒风刺骨，目光所及之处都披上了白霜，比墨还黑的水面急剧地冒着水泡，那儿应该就是老人落水的地方，薄薄的冰面也裂开了缝。

八田巡警见状，仅犹豫了一秒，便放下手中的角灯。而此时，一支花簪如挂在胸前的勋章一般，激烈地颤动着。阿香的胸与自己的胸紧紧地贴在一起，难舍难分，巡警安静地用双手推开她。

"退后。"

"哎？你要做什么？"

阿香抬起头望着巡警的脸。

"救人。"

"救伯父？"

"不是伯父难道还有别人落水不成？"

"可是，你……"

巡警凛然说道：

"职责所在！"

"但是你……"

巡警冷冷地重复："职责所在。"

阿香突然意识到什么，脸色越发苍白。

"啊，不过你，你不是全然不会游泳的吗？"

"职责所在！"

"虽说如此，但——"

"不行，要不来不及了。虽然这位老爷子，我也恨不得要了他的命，但也是我分内之事！放手！"

然而却依旧被一双向后推的手紧紧地抱住。

"不行啊，不行！来人哪，救命啊，救命！"阿香大声呼救，然而土墙石垣寂静一篇，前后十条街都渺无人踪。

八田巡警粗声喝道："还不放手！"

随后毅然地要甩开她，阿香力不能敌地放开了手。就在那一瞬，巡警纵身一跃，投身入水。阿香啊的一声便昏了过去。可怜的八田巡警，为了履行社会加诸他的职责，挽救那个巴望他死，甚至是想要了结他性命的恶魔，在这滴水成冰的深夜以不能游泳之躯投身冰冷河水之中，把自己的生命连同爱情一起都抛弃了。之后，世人普遍称赞八田仁义。啊！那果真是仁义吗？！更何况，对他惩处那位值得宽恕的老车夫、苛责那对可怜的母子的尽职之举，并无一人赞赏，那又是为何呢？

外科室

上

　　某天在东京府①的某家医院里，医学士高峰将亲自操刀为贵船伯爵夫人实施手术。实则是出于好奇心，不过我以自己的画师身份为利器，总之就是找了个借口迫使与我亲胜兄弟的他，勉为其难地应允我观看手术过程。

　　当天上午过了九点，我离开家坐上人力车朝医院飞奔而去。径直朝外科室方向走去时，只见那边顺次推门出来两三个侍女模样、面容姣好的妇人，同我在走廊的半道擦肩而过。

　　定睛一看，她们中间簇拥着一个穿着披风外褂的七八岁小女孩，转眼消失在了视线里。

　　不仅如此，从入口到外科室，从外科室到二楼病房的长长走廊里，穿着长礼服的绅士、身着制服的武官，还有穿着和服

①公元 1868 年至 1943 年期间的日本府县之一，现东京都的前身。

外褂裙裤的人物，以及贵妇人名媛等，每一位都气质高贵，却彼方相向而行、此方相对而立，或踱步，或伫立，循环往复的样子宛若在纺织。我此时联想起门前看到的数台马车，默默地在心里有了底。她们之中或是悲痛，或是面带忧容，又或露慌乱之态，众人皆神色不安。急促而又连续的细碎皮鞋声与草屐声，回荡在医院寂寥高耸的天井，宽阔的门窗和冗长的走廊之间，形成了一种异样的回响，让人不禁产生了阴郁凄凄之情。

我不一会儿就进入了外科室。

此时医学士正抱着胳膊微微上仰地靠在椅子上，他与我四目相对，嘴边泛起微笑。虽然尚未开始，但这场手术几乎关系到我国整个上流社会的喜忧。医学士身负如此重任，却仿佛参加晚宴一般，淡然冷静，像他这样的人大概是极为少见的。现场有三位助手，一位到场的医学博士，另外还有五名红十字会的护士。虽说是护士，还有胸前佩戴勋章的，有些估计还是皇室特别授予的。此外就再没别的女性了。到场的亲属，都是什么公啊，什么侯，或什么伯的。站在他们中间，神情复杂，忧心忡忡的那位便是患者的丈夫伯爵了。

被室内一众守护着，室外的众人关切着的伯爵夫人，在明亮得纤尘尽数又庄严不可侵犯的外科室中央的手术台上，身着一袭纯净的白衣，如死尸一般躺着。她面色惨白，鼻梁高挺，脖颈纤细，孱弱的手脚大概连绫罗薄绢的重量都耐不住。略微发白的唇间，隐约可见如玉的前齿，她双眼紧闭，眉间却若有所思地蹙起。松垮垮束起的头发，一绺一绺地从枕边一直散落到手术台上。

一看到她如今气若游丝的样子，回忆起患者曾经气质高雅、清丽尊贵，以及那美好的容颜，我不禁打了个寒战。

我不经意间望向医学士，只见他心情仿佛全然不为所动，一副虚心坦然的样子。整间屋也就只有他一人坐在椅子上。他那副异常冷静的姿态，要说让人安心倒也是如此。只是在目睹了伯爵夫人样子的我看来，反倒只觉面目可憎。

正在这时，刚才在与我走廊擦肩而过的三位侍女中最引人注目的那位女性，优雅地打开门，安静地走了进来。

她悄悄地面向贵船伯爵，声色沉稳地说道："殿下，小姐总算是不哭了，乖乖地待在另外那间房里。"

伯爵无声地点了点头。

护士走到医学士跟前，说道："那么，大夫请您……"

"好的。"

医学士的这声应允带着些许颤抖，传到了我耳边。他的神色也不知为何突然有了些变化。

也就是说，无论是多么优秀的医学士，遇到紧急场合，也是难免会担心的。我不禁对此感到同情。

护士收到了医学士的答复后，对着那位侍女说道：

"已经要开始了，那件事，就由你来……"

侍女接到指示，凑到手术台前。优雅地双手垂到膝旁，端庄地行了个立姿礼。

"夫人，现在给您拿药过来，请您闻一下，然后数伊吕波①，或是数数。"

伯爵夫人并无回应。

侍女惶恐地重复道："您听到了吗？"

对方只答了句"嗯"。

侍女再次确认了一遍："那么就这么说好了哦。"

"什么？是麻醉针吗？"

"是的，据说在手术结束之前。虽说时间不长，但如果您不入睡的话，是不行的。"

夫人沉默着思忖了一下，斩钉截铁地说了句："不，不用。"

众人面面相觑。

侍女教导般地说道："那么夫人，这样就不能治疗了哦。"

"噢，不能治也没关系。"

侍女不知如何应答，回头窥伺伯爵的脸色。

伯爵上前来，说："夫人，不要逞强。怎么可能不治疗也无所谓呢？可别说任性的话。"

---

①伊吕波是"伊吕波歌"的最初三个字，代指"伊吕波歌"47个假名。

侯爵也在一旁插话："要是这么逞强的话，还是把小姐带来给夫人看看比较好。不快点好起来，小姐可如何是好呢？"

"好的。"

"那么，您同意了吧？"侍女在中间周旋。

夫人沉重地摇了摇头。其中一位护士温柔地问道："为什么那么抵触麻醉呢？一点也不痛苦。迷糊一下，很快就结束。"

此时，夫人抽动眉头，嘴部歪斜，瞬间像是不堪痛苦。她半睁着双眼说道："要是这么强迫的话我也没有办法。我吧，心中有个秘密。听说打了麻醉针就会说胡话，我对此十分畏惧。如果实在是不麻醉就无法治疗的话，那么治不好也没事，就请终止治疗吧。"

如若果真如她所言，那伯爵夫人是害怕心中的秘密在意识朦胧之间对别人讲出来，才誓死守口如瓶的。做丈夫的听到这番话心中会作何感想？要是平日里讲出来，必然会引起一场风波。然而作为看护患者的立场，无论何事，都只能闭口不问了。更何况，夫人已经直截了当地发话了，绝不能从自己口里对别人讲出那个秘密。洞察到夫人的心情，伯爵温柔地问道：

"我也听不得吗？啊，夫人？"

"是的。对谁也不能说。"

夫人语气坚决。

"也不是说嗅了麻醉剂，就一定会说胡话。"

"不，思虑至此，一定会说出来的。"

"你看，又开始逞强了。"

"你就饶了我吧。"

夫人一副自暴自弃的样子，边说着边要背过身去。病躯不听使唤，只听到她把牙齿咬得咯吱作响。

此时依然面不改色的，也只有医学士一人。他刚才还不知为何，一时间有失常态，现在又是一副泰然自若的神情了。

侯爵满脸愁容。

"贵船，照这样子还是得把小丫头带来，给夫人看看。不管怎么说，她疼惜孩子就会做出让步的吧。"

伯爵点了点头，唤道："我说，绫。"

"是。"侍女回头应道。

"那，去把小姐带过来。"

夫人急忙拦住："绫，别带过来了。为什么不麻醉，就不能治疗呢？"

护士无可奈何地微笑回道："要把胸口稍稍切开一点，所以您要是动弹的话，是很危险的。"

"这样啊。我老老实实，保证一动不动，请切吧。"

对于她那过于天真的想法，我禁不住打了个寒战。今天的手术，大概是没人敢睁眼看了。

护士又说道："可是夫人，不管怎么说还是会有点痛的，这跟剪指甲可不一样啊。"

夫人这时忽然睁大了眼睛，神志清醒，声音凛然地说："操刀的医生，是高峰大夫吧？"

"是的，是外科长。可即便是高峰大夫，也不能做到手术过程无痛苦。"

"没事，不疼的。"

临场检查的医学博士，一改沉默，开口道：

"夫人，您的病可没那么轻松。怎么说也是要割肉削骨。请您稍微忍耐一下。这种苦楚，除非是关云长，否则是绝对受不住的。"

然而夫人神色坦然，不为所动。

"那个我知道。但是一点关系都没有。"

"我想她是病得太重，有点不正常了。"伯爵愁眉苦脸地说。

一旁的侯爵搭腔道：

"不管怎么说，今天嘛，手术就先推迟了如何？之后再慢慢劝她就好了。"

伯爵对此无异议，众人也都表示赞同。看到此，那位医学博士插话了：

"要是错过了治疗时机，可就无可挽回了。说到底，还是你们轻视病情，才一直拖着治不好。讲什么感情啊这啊那的，就是姑息纵容。护士，稍微按住她。"

接到了严肃的命令，五名护士就从四周围上夫人，要按住她的手和脚。她们以服从为己任，只是单纯地听从医师的命令就好，不用顾及其他的感情。

"绫！快来啊。喂！"

夫人呼吸欲绝地，呼喊侍女。

温柔的侍女慌忙拦住护士，不知所措地说道：

"唉，请等一下。夫人，请您忍耐一下。"

夫人面色苍白。

"是无论如何都不能应允吗？如果那样，即便治好了我也会去死。都说了没关系，就这样开刀吧。"说着挪动那洁白纤细的手，费力地把衣领稍稍松开，露出如玉般的胸部，"来吧，杀了我也不会觉得痛。我会一动不动，所以没事的，开刀吧。"夫人毅然决然，斩钉截铁，语气义正词严，不容动摇。不愧是显贵之人，威震四方，满堂齐刷刷地屏气凝神，鸦雀无声，连个高声咳嗽的都没有。

就在那时，从方才就一动不动、静如死灰的高峰，轻轻地从椅子上站起身，说道：

"护士，给我手术刀。"

"啊……"其中一个护士，双目圆睁，犹豫不决。全体皆愕然地盯着医学士。这时，另外一名护士略带颤抖地拿起消过毒的手术刀，递给了高峰。

医学士接过手术刀，轻声快步靠到手术台前。

护士战战兢兢："大夫，这么开始行吗？"

"嗯，没事的。"

"那么，来按住夫人吧。"

医学士微微抬起手，轻轻拦住护士："慢着，不用按。"

正说着，高峰的双手已经扯开患者胸前的衣服。夫人双手抱肩，一动也不动。

这时医学士如宣誓般，用厚重庄严的语调说道：

"夫人，我来负责，实施手术。"

那时高峰的神情，有一种神圣不可侵犯的、不同寻常的东西。

夫人回了句"请"，苍白的脸颊上，如渲染般涨起一抹红晕。她双眼紧紧盯着高峰，对晃在胸前的手术刀，看都不看一眼。

眼见着，鲜血突地从胸口涌出来，瞬间染红了白衣，如雪地里绽放的红梅。夫人神色不改，只是脸色越发苍白。然而，她果然淡定自若，连脚趾都未曾动一下。

事已至此，医学士动如脱兔，手法神速，转眼间就切开了伯爵夫人的胸口。大家自不待言，就连医学博士都没有插嘴的余地。此时，在场的人有吓哆嗦的，有掩面的，有背过身的，还有低下头去的。我此时已经失了神，几乎连心脏都吓得冰冷了。

才过三秒，由他操刀的手术速入佳境。当感受到手术刀触及病骨时，她沉重地挤出一声"啊"来。据说二十天来甚至都无法躺着翻身的夫人，俄顷机械地跃起上半身，双手紧紧地抓住高峰拿着手术刀的右手。

"痛吗？"

"不！因为是你，因为是你……"

话说一半，伯爵夫人颓然地仰着脸，用极尽凄凉的眼神，最后直直地凝望着这位杏林圣手："但是，你，你，大概不知道我吧？"

话音未落，高峰双手扶住手术刀，对着乳房下方深深地切了下去。医学士面色变得煞白，浑身颤抖着说："没有忘！"

那声音，那呼吸，那身姿；那声音，那呼吸，那身姿。伯爵夫人欣喜地带着天真的微笑放开了高峰的手，只见她叭地一下倒落在枕边，嘴唇已然变了颜色。

那时那刻，他们二人仿佛自己身边已无天，无地，无世界，宛如全然进入了无人之境。

下

说起来，那是九年前。高峰那时还是医科大学的学生，对生活不抱希望。某天，我同他一起去小石川植物园散步。五月五日，杜鹃花开得正盛。我与他携手穿梭在芳草之间，绕行在苑内池畔，观赏绽放的藤花。

我们掉转方向准备登上那座被杜鹃花覆盖的山坡，正沿着池边漫步时，远远地来了一群游客。一个身着洋服、头戴烟突帽的蓄须男子在前，中间围着三名妇人，跟在后面的是同样行头的男子。他们是贵族的车夫。中间的三名妇人，都撑着深深的遮阳伞，裙裾窸窣有声，缓缓而来。擦肩而过时，高峰禁不住回头看了看。

"看到了吗？"我问。

高峰点了点头："嗯。"

于是我们爬上山坡去看杜鹃花。杜鹃花美是美，然而不过是色彩红艳罢了。

旁边长椅上坐着两个商人模样的年轻人。

"阿吉，今天可真是遇上好事了呀。"

"是呀，偶尔听你的安排也是不错的。如果今天去了浅草没来这边的话，哪里能看到这么亮丽的风景！"

"最关键的，三个人个个都那么出挑，难分高下啊。"

"其中一个是不是梳着圆髻^①呀？"

---

①日本女性传统发型之一，梳成椭圆形，结圆发髻的发型。主要是已婚者梳结，流行于江户时期以后。

"反正跟我们也不相干，管她是圆髻、束发，还是赤熊[1]呢！"

"不过，感觉以她们的身份，定要梳高岛田髻的，怎么却弄成了银杏髻呢。"

"不明白梳银杏髻的缘由吗？"

"嗯，有点不伦不类。"

"不管怎么说，这可是贵族私服外出，要避免引人耳目。喏，看那边，中间的那位是不是格外出众，据说另外一个是替身。"

"你看她穿的和服是什么颜色？"

"淡紫色的哟。"

"唔，只是淡紫色，读者可是不满足的。像你不是也一样吗？"

"太耀眼了，我一直低着头，没办法抬头看。"

"所以就顺着腰带往下看了呗。"

"别胡说八道，缺德。相逢何短奈不识。啊，真遗憾。"

"再瞧那走路的姿态，简直像乘着彩霞似的。今儿个才算第一次见到，裙裾摆动，举手投足是如此优雅。到底接受的教育有天壤之别。她们那是生来，天生就处在云端之上。可不是凡间的妇女们能模仿来的。"

"别说得那么过分。"

"说的都是事实。你也知道的，我向金毗罗大神起誓，只去

---

①赤熊髻的简称。

吉原花街三年。不过，那怎么可能呢。这不就戴着护身符，照样去夜夜笙歌嘛。没遭天谴也是神奇。不过，就在今天我算是下定了决心。那群丑妇哪里还看得上眼。你看看，这里那里，稀稀拉拉的那些红点。怎么样？像不像垃圾、蛆虫在蠕动。真是没劲。"

"你也太苛刻了。"

"说真的。你看那边，那边也都手是手、脚是脚，和服和外褂都穿得立整，撑着一样的洋布伞，客气点说也是不折不扣的女人。还是年轻女子。虽说是年轻女子，可跟刚见到的比起来，怎么样？像被烟熏了似的，怎么说好呢，简直是脏透了。就那样也同样算是女人呢。哼，听着可真无奈。"

"哎哟哟，怎么说得这么严重。不过所言甚是啊！我也是，以前见到一个稍有姿色的就不由得骚动。跟我一起出门，也没少给你惹事，见着今天的这些，心里一下子舒坦了。感觉像重生了似的，今后这女人就戒了。"

"那你就终身不娶啦？那位千金可不像是会主动说要嫁给你源吉的吧。"

"要遭报应的，我可不敢奢望那些。"

"不过，人家要是说就跟你，怎么办？"

"老实说，我就逃走。"

"你也是吧？"

"嗯，你呢？"

"我也会逃的。"

俩年轻人面面相觑，一时陷入了沉默。

"高峰，稍微走走吧。"

我与高峰一同起身，远远地离开了那两位年轻人。高峰若有所思地说："啊，真正打动人心的美，说的就是那样吧。这可是你的专长，好好下功夫吧。"

我是个画家，因而备受触动。走了几百步，远远地看到，淡紫色的衣角在那棵郁郁葱葱的大樟树的微暗树荫下一晃而过。

出了园子，只见两匹膘肥体壮的大马立在那边，磨砂玻璃的马车上，三个车夫正在休息。自那天起，直到在医院发生那件事的九年间，关于那位女子，高峰从未对我讲过这一个字。然而，无论是年龄还是地位，高峰都该娶妻成家了，可至今也没有人为他操持家务。而且他比学生时代还要品行端正。其余的我就不多说了。

虽然一位葬在青山的墓地，一位在山谷的墓地，但两人是在同一天一前一后相继离世的。

敢问天下的宗教家，他们两人果真是罪大恶极，而死后不能升天吗？

泉镜花年谱

1873 年（明治六年）

十一月四日，作为家中长子生于金泽市下新町二十三番地，原名镜太郎。父亲清次是当地的雕金师，工名政光。母亲铃是加贺藩职业演员葛野流大鼓师中田万三郎丰喜之女，也是宝生流派仕手（主角）能乐师松本金太郎之妹。祖父庄助是制作日式足袋的匠人，祖母是御用制针老铺目细五兵卫家的二女儿。

1876 年（明治九年） 三岁

开始对母亲嫁妆里的草双纸（即通俗绘本）产生浓厚兴趣，常让母亲为他讲述，还常听邻里讲些口耳相传的民间故事。八月，妹妹他贺出生。

1880 年（明治十三年） 七岁

一月，弟弟丰喜出生（即日后的作家泉斜汀）。四月，进入浅野川对岸的东马场养成小学学习（现金泽市立马场小学）。日常乐衷于临摹草双纸上的图案。

1882 年（明治十五年） 九岁

十二月，妹妹八重出生，母亲铃患产褥热离世，年仅二十八岁。幼年丧母，对镜花的文学生涯产生了决定性的影响。之后，妹妹八重被金泽郊外森本村的宫崎助次郎领养，成为宫崎家的长女。

1884 年（明治十七年） 十一岁

四月，升入金泽区高等小学。同年，转入美国人创办的传教学校真爱学校（后更名为北陆英和学校），备受美国校长波特尔的喜爱。同时与附近汤浅钟表店家的女儿茂，以及堂妹目细照关系亲密。亡母、波特尔、茂以及照，共同形成了镜花文学中女性形象的原型。六月，随父亲参拜石川郡松任（今石川县松任市）的行善寺，拜谒摩耶夫人像。后来，镜花在自书年谱中写道："明治十七年六月，与父亲同去拜谒石川郡松任摩耶夫人。小径溪旁百合盛开，池边杜若泛紫。对亡母的思慕之情愈发深沉。"摩耶夫人也成了镜花终生的信仰。十二月，继母与父亲离婚，搬离泉家。

1887 年（明治二十年） 十四岁

五月，从北陆英和学校退学，备考第四高等中学。关于这段经历，在自书年谱中写道："备考时沉迷于和街上的混混们玩武士修行的模仿游戏，其间受重伤，而幡然醒悟。"第二年，考试落榜。

1889 年（明治二十二年） 十六岁

四月，在友人租住的公寓初次读到尾崎红叶的《二人比丘尼色忏悔》，深受感动。他在自书年谱中写道，"院中桃樱盛开，邻家穿梭引线声，也恍如击鼓的旋律"，以此来记录当时的心境。随后，尝试在富山开设国文英文补习班，未及三月便终止回乡。之后沉迷阅读，租借书籍的钱全靠婶母的零花钱和堂妹的化妆品费用接济。

1890 年（明治二十三年） 十七岁

夏，于辰之口鉱泉的舅母家读到红叶在《读卖新闻》上连载的《夏瘦》，坚定了成为小说家的志向。十一月，立志拜入红叶门下，奔赴东京，却在到达后顿失勇气，在之后的一年中辗转各地。此间飘零穷苦的生活经历后投射在《卖色鸭南蛮》的创作中。

1891 年（明治二十四年） 十八岁

十月，经熟人介绍，如愿拜访了位于牛入横寺町的红叶寓所，表明了自己的创作志向，当即被红叶收入门下，翌日入住红叶家。此后衣食烟草，皆由红叶提供。

1892 年（明治二十五年） 十九岁

六月，红叶假托"森盈流"之名于春阳堂出版《夏小袖》，发起有奖竞猜作者的活动，为了保密，书稿全部由镜花誊写。

十月，开始在京都《日出新闻》上连载处女作《冠弥左卫门》，署名为"涟山人（严谷小波）阅泉镜花著"；因评价不佳，报社人员曾连发二十余封信给红叶要求中止连载；得红叶怜惜、坚持斡旋，最终得以全部刊载。十二月，因老家被烧毁，暂时回乡。这一年，得到红叶亲赠笔名"镜花"。

1893 年（明治二十六年） 二十岁

八月，因患脚气而回乡疗养。十月，赴京都游玩，遇到同在当地旅行的红叶，获得旅费资助而返回东京。年末，将当时的游记整理润色创作了《他人之妻》，后来发表的《怪语》便是其中一节，其余手稿均被遗失。

1894 年（明治二十七年） 二十一岁

一月，父亲清次病逝，享年五十二岁。回乡，见家中一贫如洗，几度想到自杀。其间，将习作《义血侠血》《钟声夜半录》《贫民俱乐部》等寄送给红叶，获赠评论并得到激励。九月，独自上京。十一月，经过红叶批改的《义血侠血》，署名"某"连载于《读卖新闻》。

1895 年（明治二十八年） 二十二岁

二月，从红叶家搬至位于小石川户崎町的大桥乙羽（博文馆的少东家）的寓所，担任博文馆的编辑工作。四月，于《文艺俱乐部》发表《夜间巡警》。第一部作品集《某》，由春阳堂出版。五月，在《太阳》上发表评论《爱情与婚姻》。六月，于《文艺俱乐部》卷首刊载《外科室》，备受田冈岭云赞赏，并被岛村抱月称为"观念小说"。由此作为新晋小说家，一举闯入文坛。七月，于《北海道新闻》连载《贫民俱乐部》。

1896 年（明治二十九年） 二十三岁

一月，在《国民之友》发表《琵琶传》，于《太阳》上刊登《海城发电》。二月，发表《化银杏》（《文艺俱乐部》），然而对于这三部作品当时却恶评如潮。五月，搬到小石川区大塚町五十七番地，并从老家接来祖母、弟弟同住，并开始连续在《文艺俱乐部》上发表《一之卷》至《誓之卷》等六部自传小说。十一月，开始于《读卖新闻》上连载《照叶狂言》。

1897 年（明治三十年） 二十四岁

十二月，于《文艺俱乐部》发表《髯题目》，备受瞩目。

1898 年（明治三十一年） 二十五岁

一月，将户籍由金泽移入东京。

1899 年（明治三十二年） 二十六岁

一月，在砚友社的新年宴会上邂逅神乐坂的艺伎桃太郎（本名伊藤铃）。关于这一天，仅在年谱上简单写下一句"与伊藤铃相识"。与母亲同名的伊藤铃，无疑对他来说是意义非凡的。秋时搬到牛入南榎町。十二月，《汤岛之恋》由春阳堂刊发，主人公蝶吉的原型便是伊藤铃。

1900 年（明治三十三年） 二十七岁

一月，署名"白水楼主人"于《活文坛》上发表《名媛记》；

与小栗风叶等人一道成为春阳堂正社员，担任《新小说》编辑一职。二月，于《新小说》上发表《高野圣僧》，此后多向《新小说》投稿。八月至九月，于《大阪每日新闻》上连载《三枚续》。十一月，在《新小说》上发表《葛饰砂子》。

1901 年（明治三十四年） 二十八岁

四月，于《新小说》发表怪谈小说的代表作《记事簿》。

1902 年（明治三十五年） 二十九岁

一月，单行本《三枚续》由春阳堂出版，插图为画家镝木清方所做。此后，镜花著作的插图多由清方所绘。八月至九月上旬，因胃病转入逗子樱山疗养，期间铃前来探望，并帮助料理膳食。

1903 年（明治三十六年） 三十岁

三月，搬到牛入神乐坂二丁目二十二番地，得到好友资助为铃赎身，二人开始同居生活。四月，尚在病中的红叶得知镜花与艺伎同居后大怒，唤来镜花与斜汀训斥至深夜。镜花只得暂时与铃分开，直到红叶去世后才成婚。

十月三十日，红叶因胃癌离世，时年三十六岁。镜花作为弟子代表出席葬礼，并致悼词。

1904 年（明治三十七年） 三十一岁

五月至十月，在《国民新闻》上连载《续风流线》。九月，《高野圣僧》在本乡座首演。

1906 年（明治三十九年） 三十三岁

一月，在《大阪朝日新闻》上连载《三枚续》的续篇《式部小路》。七月，因肠胃病恶化，搬到逗子田越疗养，超出计划地停留了三年之久。十一月、十二月分别于《新小说》上发表《春昼》与《春昼后刻》。逗子疗养期间，沉迷于李长吉的诗作。

1907 年（明治四十年） 三十四岁

一月至四月，在《大和新闻》上连载《妇系图》。五月至六月，与登张竹风合译的盖哈特·霍普特曼《沉钟》，在《大和新闻》上连载(完整版译本于翌年九月由春阳堂刊发)。七月，《风流线》在本乡座首演。十月十八日，出席西园寺首相的文人招待会。

1908 年（明治四十一年） 三十五岁

一月，《草迷宫》由春阳堂出版。二月，返回东京，搬到麴町土手三番町。四月，于《早稻田文学》发表《黄昏之味》，在《新潮》上发表《罗曼蒂克与自然主义》，表明了反自然主义的立场。六月二十日，举办第一届镜花会。该会是以喜爱镜花的读者为中心的畅谈会，至 1911 年期间共举办过八次。九月，《妇系图》在新座首演。

1909 年（明治四十二年） 三十六岁

四月，出席由笹川临风、中岛孤岛等人结成的反自然主义文艺革新会。十月，经由夏目漱石的斡旋，开始在《东京朝日新闻》上连载《白鹭》，至十二月完结。

1910 年（明治四十三年） 三十七岁

一月，在《新小说》上发表《歌行灯》。袖珍本《镜花集》（共五卷）由春阳堂出版。五月，搬至麴町区下六番町。附近便是里见弴的老家有岛府邸，镜花与里见的交流由此而始。之后，水上泷太郎也搬到镜花家对面。对于排斥自然主义的镜花，永井荷风也抛出了友谊的橄榄枝。十月，《三味线堀》得以在永井主编的《三田文学》上发表。

1911 年（明治四十四年） 三十八岁

三月，博文馆刊发了作品集《镜花丛书》。十月，应歌舞伎大师喜多村绿郎之邀，前往大阪。

1912 年（明治四十五年） 三十九岁

一月，以大阪之行为素材创作《南地中心》，在《新小说》上发表。

1913 年（大正二年） 四十岁

一三月，在《演艺俱乐部》发表戏剧《夜叉之池》。六月，在俳句杂志《杜鹃》主办的能乐欣赏会上结识久保田万太郎。

1914 年（大正三年） 四十一岁

九月，单行本《日本桥》由千章馆刊发。十月，剧作《汤岛境内》（《妇系图》补遗）在《新小说》发表。

1915 年（大正四年） 四十二岁

一月，于《新小说》发表《樱花殉情》。四月，在《文艺俱乐部》上发表《新通夜物语》。五月至十二月，于《女性世界》上连载《星之歌舞伎》。十月，《游里集》由春阳堂出版。

1916 年（大正五年） 四十三岁

七月，《夜叉之池》首次在本乡座上演。十一月，与水上泷太郎结识。

1917 年（大正六年） 四十四岁

九月，于《新小说》上发表剧作《天守物语》，该作品被称为镜花剧作的最高峰。

1920 年（大正九年） 四十七岁

五月，在《人间》上发表《卖色鸭南蛮》。六月，因《葛饰砂子》影视改编一事，与谷崎润一郎会面。这一年，镜花与芥川龙之介相识。

1921 年（大正十年） 四十八岁

二月，《蜻蛉集》由国文堂书店出版。

1923 年（大正十二年） 五十岁

九月，遭遇关东大地震，为躲避火灾连续两天两夜露宿街头。避难中，开始创作《露宿》并于十月发表在《女性》上。

1924 年（大正十三年） 五十一岁

一月、二月，分别在《女性》上发表《小春之狐》与《汤豆腐》。

1925 年（大正十四年） 五十二岁

五月，《新小说》临时增刊号上刊登了特辑《天才泉镜花》。七月，春阳堂版《镜花全集》共十五卷开始编订出版，历时一年。参与编订者有：小山内薰、谷崎润一郎、里见弴、水上泷太郎、久保田万太郎、芥川龙之介。装订由冈田三郎助负责。

1926 年（大正十五年） 五十三岁

一月，在《女性》上发表剧作《战国新茶渍》。十一月，赴金泽旅行，时隔二十五年再次见到妹妹八重。

1927 年（昭和二年） 五十四岁

七月，芥川龙之介自杀。镜花出席葬礼并致追悼辞。失去这位忘年知己，对镜花打击颇深。

1928 年（昭和三年） 五十五岁

一月，于《Sunday 每日》上发表《啄木鸟》，于《电影时代》发表与梅村容子的对谈《一问一答》。三月，患肺炎。五月二十三日，在日本桥藤村举办第一届以镜花为中心的恳亲会"九九九会"，会名源于九元九十九钱的会费。每月二十三日举办，一直延续到镜花去世当年的八月。十一月，赴修善寺温泉游玩，宿新井旅馆。此后，常去热海及修善寺疗养。

1929 年（昭和四年） 五十六岁

五月，到能登和仓温泉游玩，夫人及目细照同行。在金泽与初恋汤浅茂相见。七月至十一月，于《时事新报》上连载《山海评判记》。

1930 年（昭和五年） 五十七岁

一月，出席热海市的尾崎红叶祭。三月，出席"复兴大东京座谈会"。九月，于《文艺春秋》上发表《木之子说法》。

1931 年（昭和六年） 五十八岁

十一月，赴金泽旅行，宿金泽市柿木畠藤屋。

1933 年（昭和八年） 六十岁

三月，弟弟斜汀在德田秋声经营的公寓去世，此事使镜花与秋声间长年的不和有所缓解。

1937 年（昭和十二年） 六十四岁

一月至三月，于《东京日日新闻》《大阪每日新闻》上连载《薄红梅》。六月，当选日本帝国艺术院（现日本艺术院）会员。十二月，于《中央公论》上发表《雪柳》。

1938 年（昭和十三年） 六十五岁

四月，到热海水口园游玩。十一月初，咳痰且带有少量血丝。

1939 年（昭和十四年） 六十六岁

四月，为佐藤春夫的外甥竹田龙儿与谷崎润一郎的长女鲇子的婚姻做媒。七月，强忍病痛创作《缕红新草》发表于《中央公论》。八月，被诊断出肺肿瘤。九月七日，与世长辞。十日正午出殡，午后三点在芝青松寺举办葬礼，后葬入杂司之谷墓地。戒名"幽幻院镜花日彩居士"，由佐藤春夫撰写。

时间宝贵，我们只读好书。

诚邀关注"只读文化工作室"微信公众号

汤岛之恋

［日］泉镜花 ┃ 著　　只读文化工作室 ┃ 出品

图书在版编目（CIP）数据

汤岛之恋 / (日) 泉镜花著; 周倩译. —北京：现代出版社，2019.5
ISBN 978-7-5143-7278-6

Ⅰ. ①汤… Ⅱ. ①泉… ②周… Ⅲ. ①中篇小说—小说集—日本—现
代 ②短篇小说—小说集—日本—现代 Ⅳ. ①I313.45

中国版本图书馆CIP数据核字（2018）第275470号

汤岛之恋

作　　者：[日] 泉镜花
译　　者：周　倩
责任编辑：曾雪梅　朱文婷
出版发行：现代出版社
通讯地址：北京市安定门外安华里504号
邮政编码：100011
电　　话：010-64267325　64245264（传真）
网　　址：www.1980xd.com
电子邮箱：xiandai@vip.sina.com
印　　刷：三河市南阳印刷有限公司

字　　数：150千字
开　　本：880mm×1230mm　1/32
印　　张：8.25
版　　次：2019年5月第1版
印　　次：2019年5月第1次印刷
书　　号：ISBN 978-7-5143-7278-6
定　　价：49.80元

时间宝贵，我们只读好书。

现代译文馆

放眼人类的文学财富

和风译丛·新书推荐

作者：［日］宫泽贤治

译者：程亮

出版时间：2019 年 3 月

ISBN：9787514375077

与太宰治、中岛敦并称，受川端康成、三岛由纪夫等称赞的日本作家梶井基次郎经典作品集，全新收录从未被翻译成中文的数篇作品。

梶井基次郎擅长以象征的手法及病态的幻想构织出病者忧郁的世界及理想，作品以《柠檬》为代表，投射出一个宿疾缠身的青年之心像，不受一般阶级社会观念的影响，跨越时代仍能为后世拥戴，因而被誉为"昭和的古典"。三岛由纪夫等日本作家都曾表明受其影响。

时间宝贵，我们只读好书。
现代译文馆
放眼人类的文学财富

—和风译丛—

太宰治《人间失格》
太宰治《惜别》
织田作之助《夫妇善哉》
宫泽贤治《银河铁道之夜》
坂口安吾《都会中的孤岛》
上村松园《青眉抄》
太宰治《关于爱与美》
夏目漱石《我是猫》
樋口一叶《青梅竹马》
梶井基次郎《柠檬》
谷崎润一郎《黑白》
泉镜花《汤岛之恋》
尾崎红叶《金色夜叉》
幸田露伴《五重塔》
芥川龙之介《罗生门》
谷崎润一郎《细雪》
······

只读

时间宝贵，我们只读好书。
现代译文馆
放眼人类的文学财富

—蔷薇译丛—

〔英〕威廉·毛姆《月亮和六便士》

〔美〕亨利·梭罗《瓦尔登湖》

〔美〕菲茨杰拉德《了不起的盖茨比》

〔法〕阿尔贝·加缪《加缪中短篇小说集》

〔奥〕斯蒂芬·茨威格《人类群星闪耀时》

〔古希腊〕伊索《伊索寓言》

〔美〕威廉·福克纳《喧哗与骚动》

……